徳間文庫

# 秘書室の殺意

中町　信

JN098074

徳間書店

目次

# プロローグ

私が五階の廊下を大またに歩みかけたとき、すぐ前方の資料室のドアが、いきなり外側にあいた。

資料室で仕事をしていた秘書の神保由加《じんぼゆか》が、廊下に出てきたのかと思ったが、相手は私の思ってもいない人物だった。

私は、思わず声をかけようとしたが、相手は私にはまったく気づかないようすで、慌《あわ》てたように廊下を駆け出して行った。

不審な思いで相手のうしろ姿を見送った私は、半びらきのドアから資料室にはいった。

次の瞬間、私は思わず小さく声を発し、その場に立ちすくんでいた。

資料棚の足許《あしもと》に、神保由加があお向けに倒れていたからだった。

神保の長い髪は血で染まり、そのやせた体はぴくりとも動かなかった。

殺されていたのだ。

私は小さく身を震わせながら、神保を殺したのは、いまこの資料室から慌てて走り出て行ったあの人物だ、と確信した。

そのとき、ドアの背後の廊下に、男の靴音がし、かすかな話し声が断片的に聞こえた。

私は急いでそのドアにカギをかけ、その場を足早に離れた。

私がとっさにそんなことをしたのは、自分に疑いが及ぶのを避けたいと思ったからだが、犯人であるあの人物をかばいたいという意識も働いていたのだ。

このことには、永久に口を閉ざしていよう、と私は決心しながら、もうひとつのドアからすばやく廊下に出た。


…………

…………

…………

# 第一章　みちのくの夜

## 1

八月二十八日、金曜日——神保由加の死の一週間前。

仙台支社の社員との仕事の打ち合わせを終えた深水文明《ふかみふみあき》は、二階の部屋を出ると、踊り場の椅子に座って、慌ただしくタバコに火をつけた。

この仙台支社も部屋での禁煙が徹底され、東京の本社と同じように、踊り場に小さな喫煙所が設けられていた。

一本目を短時間で煙りにした深水は、喫《す》いだめをしておこうと思い、背広のポケットから再び紙包みを取り出した。

深水文明、三十二歳。

端整な目鼻だちをした、ニヒルな感じの色白の男で、医療機器を販売している大手の会社の、総務部人事課の課長代理である。

無類の愛煙家だが、アルコール好きはそれに輪をかけ、会社では、酔いどれ文《ぶん》さん、なる異名で呼ばれている、酒に飲まれやすいタイプの独身男だった。

二本目のタバコをゆっくりと喫い終えた深水は、喫煙所を離れ、廊下の奥の応接室のドアを軽くノックした。

深水が部屋にはいると、この仙台支社に一緒に出張した正岡冬江《まさおかふゆえ》と板倉一行《いたくらかずゆき》の二人が、ソファに座って書類を繰っていた。

四十五歳の正岡冬江は道具だての大きい丸顔の女で、本社の総務担当の常務であり、深水の直接の上司だった。

正岡が中途入社したのは、夫を病気で亡くした十二年ほど前だったが、そのスピード出世ぶりには、眼を見はるものがあった。

社長の親戚筋という利点もあったが、正岡は課長のポストからいきなり部長に昇格し、入社十年目にして重役の椅子を射止めた辣腕《らつわん》の女性で、入社十年目にして、やっと課長代理というささやかな地位を得た深水とは、もちろん比較にならなかった。

「ごくろうさま」

板倉一行が深水に短く声をかけ、傍《かたわ》らの椅子を眼顔ですすめた。

板倉は深水とは対照的に色の浅黒い、貧相な顔だちの三十三歳の男で、総務部調査課の課長である。

深水が支社での仕事の報告を始めると、板倉はうなずきながら聞いていたが、正岡常務は疲れたような面持《おもも》ちで、背中をソファにもたれかけながら眼を閉じていた。

「ところで、板倉課長」

深水の話が終わるのを待つようにして、正岡は傍らの板倉一行に顔を向けた。

「今夜は秋保《あきう》温泉だったわね。時間は大丈夫?」

「ええ。夜の宴会に間に合えばいいんですから」

板倉は腕時計を見ながら、正岡に答えた。

板倉が東洋機器株式会社に採用されたのは、深水よりも一年早い昭和五十八年で、同期入社の仲間たちで結成された「五十八会《いそはかい》」のメンバーの一人だった。

「五十八会」は三、四年前から親睦《しんぼく》の小旅行に出かけていたが、今年の旅行先は仙台の奥座敷といわれる秋保温泉だった。

参加者は午後から休暇をとり、車で出かけていたが、板倉は仙台での仕事を終えてから、ホテルに顔を出す予定になっていたのだ。

「じゃ、今日のところは、このへんで」

正岡冬江は言うと、手にした書類をテーブルに置いた。

「常務。よろしかったら、外で食事でも。いい店を知っているんです」

腕時計を見ながら、深水が誘った。

「遠慮しておく。疲れたので、先にホテルにもどって、休むわ」

と正岡が低い声で言った。

「そうですか」

「私にかまわず、一人で適当に羽根を伸ばしてきたら」

正岡はソファから立ち上がり、ドアに歩みかけたが、ふと深水を振り返り、

「でも、深水課長。明日の仕事もあることだから、酔いどれ文《ぶん》さんにはならないようにね」

と言って、小さく笑った。

深水のポストはあくまでも課長代理だったが、正岡はいつも深水に向かっては、代理という付属物を省略して呼んでいた。

「はい。わかっています」

今夜は、正岡常務のおごりで飲めると思った深水は、軽い失望を味わいながら、相

手に大きくうなずいて見せた。

「文さん。どうやら当てがはずれたようだね」

正岡が部屋から出て行くと、板倉が急にくだけた口調で言った。

「たしかに、常務は疲れているようですね。顔色も冴《さ》えないし」

「ああ。病《や》みあがりのせいもあるがね。しかし、おかげで仕事での風当りが弱くなって、こちらは助かってはいるが」

板倉が、浅黒い顔を笑わせた。

「やはり、仕事のやり過ぎですよ。常務はアルコールのせいで肝臓を痛めたとか言っていますが、原因は仕事上でのストレスだと思います」

深水が言った。

正岡冬江が重役会議の席上で倒れたのは、この六月下旬のことで、持病の肝臓病の悪化と診断され、一か月余の入院生活を送っていたのだった。

正岡は仕事の面で厳しく、そのために社内では憎まれ重役の一人だったが、深水は正岡の人柄を以前から好いていた。

深水の出世の遅れは、仕事の不手際にもよるが、酒の上でのいくつかの失敗に原因があったことは否《いな》めなかった。

会社の上層部は深水を疎《うと》んじ、鼻つまみにしていたが、正岡常務だけは、いつも深水をかばい、それなりに評価していたのである。

そんな正岡の強い口ぞえで、課長代理から晴れて課長に昇進したいと願っている深水は、だから正岡にはいつまでも健康でいてほしい一人だったのだ。

「じゃ、私もそろそろ」

話が途切れると、板倉はテーブルの書類を整理して、ソファから腰を上げた。

「駅まで、一緒しますよ」

駅前の適当な店でアルコールを入れようと思った深水は、板倉の先に立って仙台支社を出た。

## 2

「軽くビールでも飲《や》りませんか」

厳しい残暑の大通りを歩きながら、深水は板倉一行を誘った。

「いや。やめておこう」

「まだ、ホテルの宴会までには時間がありますよ」

「文さんと飲み出すと、秋保温泉ではなく、仙台のホテルに泊まる羽目になるからね」

「最近、急に冷たくなりましたね」

深水は板倉の肩を軽くこづき、そう言った。

「え？」

「以前は、へべれけに飲み合った仲じゃありませんか」

板倉一行とは大学が同じで、おたがいが女好き酒好きということもあって、深水は入社当時から親しく付き合っていたのだ。

そんな板倉が深水の酒の誘いを、それとなく断わるようになったのは、三年ほど前、板倉の結婚話が持ち上がったころからだった。

お見合いの相手は、本社の西河《にしかわ》常務の長女で、板倉は二つ返事で、彼女を妻にめとったのである。

その長女は、父親の西河常務をそのまま小さくしたような、ずんぐりと肥《ふと》った体型の、鼻の低い平板な顔の女性で、父親に似て物腰も尊大だった。

板倉の女性観とは、甚《はなは》だしく食い違った相手を妻に選んだのは、もちろん会社でのそれなりの栄達を計算に入れてのことだった。

事実、板倉は結婚と同時に調査課の課長に昇格し、近い将来には営業部の次長のポストにつくという噂さえ流れていた。

課長代理という、いわば暫定《ざんてい》的なポストにしがみついている深水とは違って、強力な閨閥《けいばつ》を持った板倉一行の前途は、まさに洋々とひらけていたのだ。

「いまでは、家庭を持つ身だからね。独身時代のようにはいかないさ」

笑いながら、板倉が言った。

「噂では、奥さんの尻に敷かれているそうですが」

「なんとでも言わせておくさ」

「そういえば、奥さんは近いうち、ブラジルの親戚に長期滞在する予定だとか」

と深水が言った。

「ああ。二週間後にね。大学時代に長くいたこともあって、あっちの生活がえらく気に入っているようでね」

「つまり、あと二週間もすれば、大いに羽根が伸ばせる、ってわけですね」

「まあね」

板倉は釣られたように笑ったが、すぐに慌てたように真顔にもどった。

「ホテルのみんなによろしく伝えてください。正岡常務が一緒でなかったら、私も出かけて、宴会に加わりたいところですが」

深水は言って、仙台駅のタクシー乗り場の前で、板倉と別れた。

まだ陽が明るかったが、深水は駅前の狭い飲食店街をのぞき歩き、小さなスナックのドアを押しあけた。

短時間で腰を上げるつもりだったが、色っぽい太り肉《じし》のママにおだてられ、かなりのグラスを重ねた深水は、よろけ足で店をあとにした。

薄汚い造りのわりには、べらぼうに料金の高い店で、出張旅費以外にはたいして持ち合わせのなかった深水は、幾度か立ちどまって財布の中味を確認した。

3

ホテルにもどった深水は、大ざっぱにシャワーを浴び、裸のままベッドに横たわった。

急に酔いがまわり出し、深水はそのままの格好でいつしか眠りに落ちた。

深水の眠りが中断されたのは、尿意のせいだったが、そのとき鏡台の傍らの電話の鳴る音が耳にはいった。

腕時計をのぞくと、夜の十一時半だった。

同じホテルの三階の部屋に泊まった正岡常務からの、急な仕事上の電話かと思った深水は、慌てて全裸で飛び起き、受話器を取り上げた。

聞こえてきたのは、正岡冬江ではなく、フロントの男の従業員の、外線電話の取りつぎの声だった。

「遅い時間にごめんなさい。秘書課の矢坂《やさか》です」

深水の耳に、軟らかな女性の声が伝わった。

電話の相手は、いま秋保温泉のホテルに泊まっているはずの秘書課の矢坂雅代《まさよ》だった。

「ああ、矢坂さん。秋保温泉のホテルからだね？」

深水は言って、矢坂雅代の肉付きのいい魅力的な体を眼の前に浮かべた。

矢坂は二十七歳の独身で、西河常務の秘書を勤める二年前までは、深水の人事課に籍を置いていた明るい気さくな女性だった。

「ええ。一時間ほど前にも、電話したんですけど」

「そっちのホテルで飲もうという話かい。残念ながら、今夜は出来上がってしまってね」

「そうではありません」

「なにか、急な用事？」

「小寺《こてら》さんのことを、ちょっとお知らせしておこうと思って」

と矢坂は言った。

「小寺さん？」

矢坂と同じ年の独身の小寺康子《やすこ》は、二年前に深水の人事課に配属された課員で、「五十八会」のメンバーの一人だった。

「私は小寺さんと相部屋になったんですが、彼女の姿がホテルに見当らないんです」

声をひそめるようにして、矢坂が言った。

「見当らない？」

「姿が見えなくなって、かれこれ二時間近くになります。最初は、一人で散歩に出ているのかと思ったんです。部屋に浴衣《ゆかた》が脱ぎ捨ててあったもので」

「そんなことなら、心配には及ばない」

そんなことで、矢坂雅代はわざわざ電話を入れたのか、と深水は思った。

「でも、ちょっと心配で。そちらのホテルにでも姿を見せているのではないか、と思ったもので」

「そんなことをするわけがない。この私に恋いこがれて、こっそりホテルを抜け出した、というのなら話は別だがね」

深水は矢坂に断わって受話器を置き、裸の身に下着をまとった。

「大丈夫だよ。そのうちに、ひょっこり部屋にもどってくると思うから」

深水が続けて言った。

「ならいいんですけど。幹事の鹿村《しかむら》さんも、心配しているんです」

「宴会のときにでも、なにか彼女の気に触わるようなことでもあったんじゃないかな。それで、ぷいとみんなの前から……」

「板倉さんも、そんな意味のことを話していましたが」

「それだ。それに違いない」

深水は、自信をこめてそう言った。

小寺康子は色白のやせた面差《おもざ》しの美人で、頭が切れ、仕事のできる有能な課員だった。

だが、矢坂雅代とは対照的に、性格はやや陰気で、神経質な面があり、正直に言って、深水にはちょっと扱いにくい相手だった。

気持ちはやさしく、親切だったが、反面少しわがままで、激しやすいところがあった。

人事課の忘年会や新年会の席でも、課員の言ったたわいもない冗談を真《ま》に受け、いきなり顔を赤くして席を立ち、そのままもどってこなかったことが、二度ほどあったのである。

だから、小寺康子がホテルから姿を消したのは、例によって、なにかで感情を害したためだろう、と深水は単純に判断したのだった。

「おおかた、神保さんあたりが、彼女になにか意地の悪いことでも言ったんだろう。神保さんは、酒ぐせがよくないし、小寺さんのことを快く思っていないようだから」

秘書の神保由加の陰気な顔を思い浮かべながら、深水が言った。

神保は日ごろから小寺を嫌っていたようだったので、宴会のときにでも、酔った勢いで、小寺となにかいさかいを起こしていたとも考えられるのだ。

「そんなことは、なかったと思いますけど」

と矢坂が言った。

「とにかく、心配は無用だ」

「でも、深水さん」

短い沈黙のあとで、矢坂雅代が言った。

「私は、小寺さんが二時間も部屋を留守にしていることが、気になるんです」

「小寺さんの身に、なにか変わったことが――つまり、事故にでもあったのでは、という意味だね？」

「ええ。私は、そのことを心配しているんです」

「彼女は酔っていたの？」

「宴会のときは、例によって口数は少なかったんですが、ウーロンハイを何杯もお代わりしていました。でも、小寺さんは私とは違ってお酒は強かったですから、酔っているようには見えませんでしたけど」

「事故とも思えないね」

「東京の津久田《つくだ》さんに、連絡したらどうかって、板倉さんに言われたんですが」

「津久田さんに……」

深水は販売部の課長、津久田健《けん》のひきしまった浅黒い顔を思い浮かべた。

津久田健は三十八歳になる筋肉質の長身の男で、小寺康子とは相愛の仲だった。

津久田はそんな年齢まで独《ひと》り身で通してきただけに、偏屈な面はあったが、気持ちの真っすぐな、純真な男で、深水の飲み仲間の一人でもあった。

津久田が小寺との仲を深水に告白したのは、去年の春ごろで、津久田のことを女性にはまったく縁のない男と決めつけていた深水にとっては、その驚きは少なからぬものがあった。

「でも、鹿村さんは反対していました。いたずらに心配させる結果になるかも知れない、と言って」

「そのとおりだ。もう少し、ようすを見ることだよ。いまも言ったように、彼女はばつの悪そうな顔をして、ひょっこり部屋にもどってくるに違いないんだから」

と深水が言った。

小寺康子がホテルから姿を消したのは、人事課の忘年会や新年会と同じように、なにかで気分を害し、グループから離れて一人になりたかったためだ、と深水は信じて疑わなかった。

## 4

だが、小寺康子は深水の思惑に反し、二度と再びホテルの部屋にはもどってくることはなかったのである。

深水がその事実を知ったのは、乱暴なドアのノックの音で眠りを破られた直後のことだった。

「深水課長。起きて。私よ」

ドアの向こうに聞こえたのは、三階に部屋をとっていた常務の正岡冬江の、妙にかん高い声だった。

深水は慌ててベッドから起き上がり、枕許の腕時計を見た。

時刻は、午前四時五分前だった。

深水がドアをあけると、パジャマ姿の正岡が押し入るようにして部屋にはいってきた。

「どうしたんですか?」

「秋保温泉にいる鹿村次長から、たったいま電話があってね」

「なにか?」

深水は訊《たず》ねたが、秋保温泉のホテルでなにか変事が起きていたのではないか、と一瞬思った。

「大変なことが。人事課の小寺さんが、ついさっき死体で発見されたのよ」

正岡が言った。

「えっ?」

「ホテルの日本庭園の崖《がけ》から、転落して亡くなったんですって」

「小寺さんが、死体で……」

矢坂雅代の電話での言葉が、このとき深水の耳に断片的によみがえった。

# 第二章　庭園の女

## 1

八月二十九日、土曜日。

深水文明と常務の正岡冬江は、ホテルの玄関からタクシーに乗り、秋保温泉に向かった。

仙台の奥座敷、秋保温泉は仙台から車で三、四十分ほどの名取《なとり》川の流域にある古くからひらけた名湯だった。

「とんでもないことになった」

タクシーが薄暗い市街地を走り出したとき、正岡が緊迫した顔を深水に向けた。

「まったくです。まさか、小寺さんが亡くなったなんて」

「さっきの鹿村次長の電話だと、小寺さんの姿が見えなくなったことを、深水課長にも連絡したとか」

「ええ。秘書の矢坂さんから。最初の電話のときは、駅前で飲んでいましたので。二度目の電話は十一時半ごろでしたが、寝《やす》まれている常務に、わざわざ報告することもないと思いまして」

「つまり、なにも心配することはない、と判断したからなのね？」

「そうです。小寺さんのそんな行動は、私もこれまでに二度ばかり体験していました。だから時間がたてば、ひょっこり部屋にもどってくるものと思っていたんです」

「私でも、そう判断していたわ。鹿村次長たちは、手分けをして温泉街の店を捜し歩いたそうだけど」

「いまだに信じられません、小寺さんが崖から転落死したなんて」

「ところで、深水課長」

正岡が、語調を変えるようにして言った。

「あなたには、探偵の手腕があったわね。社員たちは、たしか『会社の探偵』とか、呼んでいたと思うけど。それに、もうひとつの呼び名は……」

「酔いどれ探偵、ですか？」

「そう。いずれにしても、名探偵だって噂には変わりはないけど」

「好きで探偵業をやっているわけではありません」

深水はそう応じて、こんな科白《せりふ》をこれまでに幾度口にしたろうかと思った。

深水はこれまでに、二つの殺人事件に首をつっこみ、解決していたが、「会社の探偵」と呼ばれる由縁《ゆえん》は、事件の被害者と犯人が、いずれも東洋機器株式会社の社員だったからにほかならなかった。

「どうやら、今度も深水課長の出番のようね。被害者の小寺さんはうちの社員、しかも、あなたの人事課の課員だから」

と正岡が言った。

「しかし、常務」

深水は、ちょっと慌てた口調で言った。

「小寺さんの死が、事件だと決まったわけではありませんよ」

「事故死だったと？」

正岡は青白んだ顔をすぐ間近かに寄せ、深水をさぐるように見た。

「もちろん、考えられることです」

「小寺さんは、神経質で臆病な人だった。そんな彼女が、夜一人でそんな危険な場所をぶらぶら散歩していたなんて、とても考えられない」

と正岡が言った。

「では、自殺だったと？」

「それは、もっと否定的ね」

正岡は太い首を、ことさら強く左右に振った。

「なぜですか？」

「私の知るかぎりでは、自殺するような動機が見当らないから」

正岡は言葉を切り、前方の市街地を見つめるようにしていたが、

「それに、自殺するとしたら、場所を選んでいたと思うわ。同僚と一緒の旅行先のホテルを、死に場所にしたとは、ちょっと考えられない」

と言った。

深水は黙ってうなずき、タバコをくわえた。

正岡の言うとおりで、小寺康子には自殺するような追いつめられた動機も見当らず、またかりに、そんな動機があったとしても、旅行先のそんな場所からみずから身を投じたとは考えられなかった。

「すると、常務。小寺さんは誰かに……」

「そう。誰かに、崖から突き落とされたのよ。つまり、殺されたということ」

ゆっくりした口調で、正岡はそう答えた。

「誰かに、殺された……」

ホテルに宿泊した「五十八会」のメンバーの一人一人の顔が、深水の眼の前をよぎって行った。

## 2

車が秋保温泉郷にさしかかると、早朝からの雨雲が急に低く垂れこめ、こぬか雨が路面を濡《ぬ》らした。

左手の樹木のかげに名取川が見えかくれし、車は幅員《ふくいん》のせばまった、曲がりくねった道を、かなりのスピードで走り進んだ。

小寺康子たちの宿泊した「ホテル秋保荘」は、小高い丘陵の上にあり、白亜の建物がおい繁った樹木から突き出るようにして建っていた。

狭い急勾配の道を登りきると、視界が大きくひらけ、「ホテル秋保荘」が眼の前に見えた。

最高クラスのホテル、とタクシーの運転手が説明するだけあって、そのホテルのたたずまいは、まさに豪華にして優雅だった。

ホタルが飛び交うという三万坪の日本庭園には、鯉の泳ぐ池がめぐらされ、あちこちに趣向をこらした築山があった。

日本庭園の奥に、高く盛り上がった岩場があり、その中腹から、幾重にも糸をひいた人工の滝が音をたてて流れ落ちていた。

車が建物のすぐ手前の駐車場に駐《と》まると、玄関先に立っていた二人の男女が、前後してこちらに駆け寄ってきた。

営業部次長の鹿村安次《やすじ》と、正岡冬江の秘書を勤める神保由加の二人だった。

「朝早くのことで、お疲れになったでしょう」

車からおりた正岡に、鹿村は丁寧《ていねい》に挨拶したが、深水には一顧だにせず、素知らぬ顔をした。

三十八歳の鹿村安次は、小づくりの整った顔に細い口ひげをたくわえた男で、五年ほど前に妻を亡くして以来、独り身を守っていた。

仕事はよくでき、正岡常務には、ことのほか目をかけられている管理職で、近い将来には、総務部の部長に昇格するという噂も流れていた。

口ひげといい、縁なしの眼鏡といい、どこかきざな印象を与える男で、深水はどうしても親しめなかった。

正岡の秘書の神保は、黙って正岡に一礼し、彼女の旅行鞄を手に取った。

神保は髪を肩まで長く垂らした、細長い顔の、どこか暗い陰気な雰囲気を持った女性だった。

深水と正岡がロビーにはいると、ソファにかたまって座っていた男女が、一斉に立ち上がり、こちらに視線を向けた。

「五十八会」のメンバーの、板倉一行、矢坂雅代、それに風間京子《かざまきょうこ》の三人だった。

「小寺さんの遺体は？」

ソファに近寄りながら、正岡が訊《たず》ねた。

「ついさっき、仙台署に運ばれて行きました」

持前の澄んだ声で答えたのは、矢坂や神保と同じ秘書課の風間京子だった。

「ご覧にならないほうが、よかったかと思います。擦《す》り傷だらけの、むごたらしい遺体でしたから」

風間はそう付け加えて、口紅の這《は》ったピンクの口許を軽く歪《ゆが》めるようにした。

風間は神保由加とは好対照に、生気のある明るい眼をした、丸くふくよかな顔の女性で、その均整のとれた肢体《したい》には、なまめいた色気が漂っていた。

矢坂雅代と同じに、深水好みの肢体をした女性だったが、風間はどこか驕慢《きょうまん》なところがあり、深水には好感が持てなかった。

「仙台署の刑事さんが、先刻からお待ちです」

矢坂雅代が正岡にそう言って、フロントの奥の喫茶室を指さした。

3

がらんとした喫茶室の椅子に、一人で座っていたのは、下腹部の突き出た、丸々とした顔の四十五、六歳の刑事だった。

正岡と深水が名刺を渡し、挨拶すると、肥った男は、仙台署の唐沢《からさわ》刑事、と胴間声で名乗った。

「このたびのことでは、驚かれたでしょう。お悔み申しあげます」

唐沢は言って、深水たちに椅子をすすめると、薄よごれた手帳をひらいた。

「ご存知のように、小寺康子さんの死体が発見されたのは、人工滝の裏手にある崖の岩棚でした。死体の発見者は、このホテルの若い従業員で、夜間には止めておいた人工滝を稼働させるために、けさの四時前にあの岩場に登り、崖の岩棚にあお向けに倒れている小寺さんを眼にとめたんです。顔や手足に傷あとが残っていましたが、死因は首骨折によるもので、即死と思われます」

　唐沢の説明が終わるのを待つようにして、この喫茶室の従業員と思われる女性が、深水と正岡冬江の前にお茶をさし出した。

　細面《ほそおもて》の、品のいい顔だちをした中年の女性だった。

「小寺さんが亡くなったのは、何時ごろのことだったんですか？」

　矢坂雅代が、ちょっと性急な口調で訊《たず》ねた。

「詳しくは検死の結果を待つことになりますが、死体の状況からして、死亡したのは、昨夜の十時ごろと推定されます。参考までにですが、小寺さんのガラスの割れた腕時計は、十時二分を指して止まっていました」

「昨夜の十時ごろ……」

　矢坂がつぶやくように言って、愛らしい丸い顔を深水に向けた。

　矢坂が深水に電話を入れたのは、昨夜の十一時半ごろだったが、小寺康子はその一時間半ほど前に、死体となって岩棚に転がっていたことになるのだ。

「いくつかお訊ねしますが」

唐沢は、端の席に座っていた鹿村安次に視線を移した。

「みなさんの一行は、小寺さんを含めて六人だったんですね？」

「ええ。うちの会社の『五十八会』の恒例の旅行でした。会員は全部で十一人おりますが、この旅行に加わったのは、六人だけでした。私たちは昨日の午後一時ごろ、会社の前から二台の乗用車で出発し、こちらの板倉君だけが、宴会の前に仙台支社から駆けつけてきたんです」

鹿村は落着きはらった態度で、流暢《りゅうちょう》に説明し、

「正岡常務は、昨夜は仙台のホテルに泊まっておられました。それから、深水君も同じホテルに」

と付け加えた。

「ホテルでの小寺さんのことについて、詳しく話してくれませんか」

「詳しくと言っても、私はたいして説明はできません。小寺さんと一緒になったのは、昨夜の宴会の折だけでしたから」

鹿村は答えて、傍らの矢坂雅代を促すように見た。

「私は小寺さんと相部屋になりましたが、特別に変わったことには気づきませんでした。口数が少なく、物静かで、いつもの小寺さんだったと思います」

と矢坂が答えた。

「宴会が始まった時刻は？」

「板倉さんが着くのを待って始めましたから、七時ごろからだったと思います」

「宴会での小寺さんのようすは？」

「こちらの深水さんにも、電話で話したんですが、小寺さんはあまりみんなとは話を交わさず、ウーロンハイを何杯かお代わりしていました。でも、酔っているようには見えませんでしたけど」

「矢坂さん。昨夜の電話でも、ちょっと話したことなんだけど」

深水が、口ばしを入れた。

「宴会の席で、小寺さんはなにかで気分を害するようなことはなかったかね。たとえば、誰かの言った冗談を真《ま》に受けてとか」

「私は小寺さんの隣りに座っていましたけど、そんなことはなかったはずです。小寺さんに話しかけたのは、ほとんどこの私でしたから」

「じつはね、文さん」

板倉一行が言った。

「小寺さんの姿が見えないと聞いたとき、私は最初にそのことを心配したんだ。宴会での誰かの言葉が気に触って、ホテルを出て行ったんではないかと」

「しかしね、板倉君」

鹿村が、ちょっと不興げな表情で言った。

「昨夜も話したことだが、あの宴会の席では、小寺さんの気持ちを傷つけるような話は、誰も口にしていなかったはずだよ。と言うより、小寺さんに関する話題など、ひとつも出ていなかったんだ」

「そうでしたね。小寺さん一人が仲間はずれにされたみたいで、ちょっと気の毒な気もしましたわ」

神保由加が、長い髪をかき上げながら、独特なだみ声で言った。

「宴会のあと、小寺さんはどうしていましたか？」

唐沢が、矢坂雅代に向きなおって訊ねた。

「男性たちは、まだお酒を飲み続けていて、私たち女性だけが先に宴会場を出たんです。九時少し前だったと思います。私と小寺さんは一緒に四階の部屋にもどりましたが、しばらくすると、小寺さんは酔いざましに、露天風呂で涼んでくるとか言って、独りで部屋を出て行ったんです」

「小寺さんが部屋に帰られたのは、何時ごろでしたか？」

「さあ。それはわかりません」

矢坂は、首をかしげるようにした。

「と言われると？」

「小寺さんが手拭《てぬぐ》いを持って部屋を出て行った少しあとで、私は売店でみやげ物を買おうと思い、一階におりたんです。買物のあと、ロビーで新聞を読んで、小一時間ほどで部屋にもどったんですが……」

「部屋に、小寺さんの姿は見えなかったんですね？」

「ええ。浴衣《ゆかた》が脱ぎ捨ててあり、衣類棚には小寺さんの衣服はありませんでした。露天風呂を出たあと、着替えて散歩にでも出かけたのかと思ったんですが、十一時近くなっても、小寺さんが部屋にもどらなかったので、心配になり、幹事の鹿村さんに知らせたんです」

と矢坂が答えた。

「じつは、調べてわかったんですが」

唐沢はそう言って、よごれた手帳をおもむろにひらいた。

「昨夜の十時近くのことです。このホテルの女性の従業員が、日本庭園の照明灯のすぐ傍らのベンチに腰かけている若い女性の姿を眼にとめていたんです」

「すると、その女性が小寺さんだったと?」

矢坂が訊ねた。

「顔を確認したわけではありませんが、髪型や青っぽい服装から、小寺さんだったことは、まず間違いないと、従業員は証言しています」

「すると、刑事さん」

風間京子が、色っぽい顔を突き出すようにして言った。

「小寺さんは、その少しあとで、あの人工滝の岩場に行き、足を滑らせて転落したと?」

「さあ」

唐沢はあいまいに受け答えて、手帳を閉じた。

4

「事故死だったと考えているのね?」

そのとき、ちょっと冷やかな口調で、風間の横顔に言葉をかけたのは、これまでおし黙っていた正岡冬江だった。

わ」

「深水課長にも話したことだけど、小寺さんは神経質で、きわめて臆病な人よ。そんな彼女が、暗い夜にあんな場所を散歩しようとしていたなんて、考えられないことだわ」

「でも、常務。それ以外には考えられませんわ」

「まったく同感ですね、私も」

板倉一行が、ちょっと大げさに賛意を示し、

「考えられるのは、ひとつです。自殺だと思います。小寺さんはみずからあの崖に身を投じ、命を絶ったとしか考えられません」

と正岡に言った。

「でも、なぜ自殺だと?」

「小寺さんは、もしかしたらノイローゼだったのでは――つまり、精神的な病気に患《かか》っていたのではないか、と私は以前から思っていたんです」

板倉は、そんな答え方をした。

「小寺さんに、そんな徴候があったとでも?」

正岡は、冷静な口調で問い返した。

「それは、私にはうまくは説明できません。でも、彼女の最近の言動を見て、そんな

考えを持ったんです。どこか、常軌を逸したところがありましたから」

「たとえば？」

「この七月上旬に、小寺さんが夏カゼをこじらせ、肺炎で入院したときもそうでした。私は『五十八会』を代表してお見舞いに行ったんですが、彼女は自分の病気が、本当は肺癌《がん》ではないのかと疑い、私にそのことを繰り返し確認していました。単なる肺炎と、彼女自身も知っていたはずなのに」

と板倉が答えた。

小寺康子の一件は、彼女の恋人の津久田健の話を聞いて、深水もよく知っていた。

小寺は津久田に向かっても、自分の病気が肺癌ではないのかと疑い、担当の医師から直接説明を聞くまでは納得しなかったということだった。

そんな一件を思い出した深水は、板倉が言ったように小寺が精神的な病いを患っていたとは思いにくかったが、精神的にちょっと不安定な面を持ち合わせた女性だったことは、やはり否定できなかったのだ。

「つまり、精神的な病いに冒《おか》されていたために、単なる肺炎を癌だと思いこんでしまったということだね？」

鹿村が無表情に言うと、板倉は黙って大きくうなずいた。

「自殺だとも、思えない」

正岡が、ゆっくりした口調で板倉に言った。

「深水課長にも話したけど、自殺するのなら、ほかに場所を選んでいたはずだから」

「ですが、常務。精神的にまいっていたとしたら、場所はことさらに選ばなかったと思いますが。つまり、衝動的にという意味です」

「でもね、板倉課長。自殺しようと思っている人間が、その前にアルコールの酔いをさまそうとして、露天風呂になんかはいるかしら」

深水が思っていたことを、正岡は説得するような口調で言葉に表わした。

「すると、常務」

風間京子が首をねじ曲げるようにして、正岡の顔を見つめた。

「事故死でもない、自殺でもないとすると、小寺さんの死は――つまり、殺人だったと言われるんですね？」

「そう。当然そうなるわ」

正岡は言って、まわりの人物を左から順ぐりに眺めまわした。

「そんな……」

「昨夜の十時ごろ、小寺さんが日本庭園のベンチに座っていたのは、彼女の意志からではなかったと思う。小寺さんは誰かに呼び出されて、その相手の現われるのを待っていたのよ」

「誰かに……」

「その相手が小寺さんを人工滝の岩場に誘い、そして崖に突き落としたんだわ」

「その相手というのは、まさかこのグループの誰かだったとでも？」

「そうは言っていないわ。でも、かつて一面識もなかった相手を、小寺さんがあんな場所で待っていたとは、ちょっと考えられないけど」

「そんな……」

風間京子は黒い眼をいっぱいにひらき、正岡の横顔を凝視した。

## 5

「話をもどしますが」

肥った顔をハンカチで拭いながら、唐沢が言った。

「宴会のあとで、ホテルの中で小寺さんの姿を見かけた人はおりませんか。もちろん、矢坂さん以外に、という意味ですが」

「私と板倉君は、女性たちが席を立ったあと、しばらく酒を飲んでいました」

鹿村安次が最初に答えた。

「部屋にもどり、板倉君と一緒に露天風呂にはいったあとは、ずっと部屋でテレビを観ていました。十一時近くに、矢坂さんが部屋に姿を見せ、そのときはじめて、小寺さんの姿が見当らないことを知ったんです」

「私は露天風呂から上がったあと、鹿村さんと一緒に部屋でテレビを観ていました。ですが、途中で退屈になり、地階のバーに行き一人で飲んでいました。そんなところへ、鹿村さんと矢坂さんの二人が姿を見せ、小寺さんの一件を知らされたんです」

と板倉一行が答えた。

話が途切れると、矢坂雅代がなにか言いたそうな面持ちで、片隅の神保由加と風間京子の横顔を交互に見た。

「神保さんと風間さんは、相部屋になったんですか?」

と唐沢が訊ねた。

「いいえ。私たちは、個室でした」

神保が答えた。

「予定では、あと二人の女性が参加するはずだったんですが、当日になって急に都合が悪くなって。それで私たちは、予約した二部屋をそのまま使わせてもらったんです」

「小寺さんが、部屋を訪ねてきませんでしたか?」

「いいえ」

神保が答えると、風間も黙って首を振った。

「つまり、宴会のあとは、小寺さんとは顔を合わせなかったんですね?」

唐沢が確認すると、神保はあいまいに小さく顔を動かしただけで、返事をしなかった。

「神保さん。あなたはあのとき、小寺さんと顔を合わせていたじゃないの」

と言ったのは、矢坂だった。

「ほら、風間さんと二人で、お風呂に行ったときのことよ」

「ああ、露天風呂の中で……」

神保は思い出したかのように早口に言ったが、そのやせた顔には、うろたえが走っていた。

「矢坂さん。なぜそんなことを知っているの?」

視線を神保に向けたまま、正岡が訊ねた。

「さっきも話しましたが、小寺さんが手拭いを持って部屋を出て行ったあと、私はみやげ物を買うために一階におりたんです。エレベーターをおりて、廊下を歩きかけたとき、隅のトイレのドアがあき、手拭いを持った神保さんと風間さんが前後して出てきたんです。二人は私に背を見せたまま、大浴場に通じる廊下の方に歩いて行ったんです」

「たしかに、あのとき私と風間さんは偶然にあのトイレで顔を合わせたわ。でも、矢坂さんには気がつかなかった」

神保が言って、風間の横顔にさりげない視線を送った。

「で、それから？」

正岡が矢坂を促した。

「二人が廊下を曲がった直後のことでした、そのトイレのドアから、今度は小寺さんが姿を現わしたんです」

矢坂が言った。

「小寺さんが？」

「ええ。手拭いを持ち、ちょっと慌てたようにして、廊下に出てきたんです。私は思わず小さく声をかけたんですが、彼女はまったく気づかずに、その場から足早に歩き出して……」

「つまり、露天風呂に向かったのね？」

「そうだと思います。私は、なぜそんなに急ぎ足になっていたのか、ちょっと不思議に思ったんです。小寺さんはまるで、神保さんと風間さんの二人を追いかけるようにしていましたから」

矢坂は、そう言った。

「私と神保さんは洗面所の鏡の前に立って、短い話を交わしていましたが、そのとき小寺さんがトイレを使っていたことを、私たちは知らなかったんです」

風間が、正岡にそう言った。

「小寺さんとは、露天風呂でどんな話をしたの？」

正岡が神保に訊ねた。

「別に、これといって。私たちが露天風呂にはいっていると、小寺さんが長い石段を伝わっておりてきて、私たちと一緒に湯舟につかりましたが、これといった会話も……」

「しかしね、神保さん」

口ひげをいじりながら、鹿村が冷たい口調で言った。

「小寺さんは、トイレを出ると、きみたち二人を追いかけるようにして、露天風呂に行ったんだ。彼女がそんな急ぎ足になったのは、きみたちになにか急な用事があったからとしか判断できないよ」

「でも……」

「あなたと風間さんの二人は、小寺さんと露天風呂で会っていたことを、最後まで黙っていたわね。なぜ？」

と正岡が言った。

「それは、訊《き》かれなかったからです。それに、小寺さんの死とは関係がないと思って……」

「下手な言い訳ね。このさい、正直に話してちょうだい」

「なにをです？」

「トイレの鏡の前での立ち話をよ。あなたと風間さんの二人が、そのときどんな話をしていたかを」

正岡が語気を強めるようにして言うと、神保は唇を嚙んで伏目になった。

小寺康子が慌ててトイレから廊下に出て、神保と風間のあとを足早に追いかけて行ったのには、もちろんちゃんとした理由があったからなのだ。

つまり、小寺をそんな行動に走らせたのは、トイレの鏡の前で交わした神保と風間の話の内容のためだったのだ。

「そのことでしたら、常務」

神保に代わって、風間が答えた。

「私と神保さんの会話は、ごくたわいのないものでした。短い立ち話でしたから」

「だから、どんな話？」

「うちの会社の人の、ちょっとした陰口を……」

「誰の陰口を？」

「さあ。よく憶えていません……」

風間は正岡を正面に見据えながら、小首をかしげた。

6

「風間さん。もしかしたら……」

板倉が、上目使いに言った。

「もしかしたら、その話というのは、小寺さんに関することではなかったのかね。彼女は、そのためにショックかなにかを受けて……」

「それは、違います」

風間は板倉の言葉をさえぎり、首を振りながら、強い口調で否定した。

「はっきりと申しあげますけど、小寺さんには、いっさい関係のない話でした」

風間の言葉に、神保はやせた顔を幾度もうなずかせ、

「風間さんの言うとおりです」

と言った。

「しかしだね。社員の単なる陰口を耳に入れたくらいで、小寺さんが慌てたように、きみたち二人のあとを追いかけたりするだろうかね」

「錯覚だと思います」

「なにが?」

「小寺さんが私たちのあとを追いかけて行った、と矢坂さんが思いこんだことです」

「でも、風間さん。あのとき、小寺さんはたしかに……」

矢坂が言葉を途切らせたのは、そのとき喫茶室の入口に男の靴音が聞こえたためだった。

大またに近づいてきたのは、仙台署の若い係員で、その背後に長身の男の姿があった。

た。

　東京から駆けつけた、小寺康子の恋人、津久田健だった。

「津久田さん……」

　正岡は低く言って、椅子から腰を浮かした。

　津久田は、若い係員を押しのけるようにして部屋にはいると、汗の浮かんだ顔を手の甲で乱暴に拭った。

「どこに、康子さんの遺体は、どこに……」

　津久田が言った。

「津久田さん……」

　正岡が再び呼びかけ、凝然《ぎょうぜん》と立ちつくしている津久田の傍らに歩み寄った。

「信じられない。康子さんは、どうしてこんなことに……」

　津久田はぎらぎらした眼で、深水たちを順ぐりに睨《にら》みつけるように見た。

「気をしっかりね。気を強く持って……」

　津久田に身を寄せた正岡冬江は、そう言いながら、両肩をしっかりと抱きしめた。

# 第三章　密なる会話

## 1

九月三日、木曜日。

昼食からもどった深水文明が、時刻を気にしながら二階の役員室に駆けつけると、秘書机の傍らに矢坂雅代が立っていた。

「遅れちゃった。食べつけないような重なんか注文したもので」

深水が言った。

約束の時刻に遅れたのは、二日酔いの胸のむかつきを癒《いや》すために、迎え酒のビールを注文したためだった。

「みなさん、お集まりです。風間さんは、急な用事で外出していますが」

「津久田さんは？」

「常務に言われて、声はかけていませんが」

「そう」

深水は仁丹《じんたん》の粒を多めに口に含み、矢坂のあとから正岡常務室にはいった。

広い部屋の来客用のソファには、「五十八会」の三人の男女が肩を並べ、窓を背にした椅子に、常務の正岡冬江が座っていた。

「遅れて申しわけありません」

深水は、正岡に詫びた。

「待っていたのよ。『会社の探偵』である深水課長がいないことには、話が進まないから」

「すると、常務」

やせた顔をくもらせるようにして、神保由加が言った。

「話というのは、やはり亡くなった小寺さんのことなんですね？」

「もちろん。白黒をはっきりつけようと思ってね。そのほうが、みんなもすっきりするはずだから」

「でも、そんな詮索《せんさく》は、仙台署に任せておいたほうが……」

「事件の解決は、早いに越したことはない。こちらには、名探偵がひかえているんだから」

　正岡は言って、深水の二日酔いの眼をのぞきこむようにした。

「常務は最初から殺人事件だときめこんでおられるようですが、この私は……」

「事故死だと考えているのね？」

「ええ。風間さんと同じ見解です。確かに――それも、『五十八会』のメンバーの誰かに殺されたなんて、とても考えられませんから」

「板倉課長の意見は？」

　神保の説明を無視するようにして、正岡は板倉一行に視線を置いた。

「秋保温泉以来、私の考えは変わっておりません。自殺だと思います。以前からの精神的な不安定さが嵩《こう》じ、衝動的に死を選んでいたんだと」

　と板倉は答えた。

　正岡は言葉を返さず、無言のまま鹿村安次に視線を転じた。

「この私が犯人ではないという、大前提のもとに、常務の見解を全面的に支持します」

　口ひげに指を当てながら、鹿村が言った。

「常務の言われたように、小寺さんの性格からして、あんな危険な場所を一人で散歩していたとは思えません。それに、自殺はまったく論外です。かりに精神的ななにかの不安があったとしても、あんな場所で唐突に死を選んだなんて、考えられないことです。常務が言われたように、小寺さんがあのホテルの日本庭園のベンチに座っていたのは、約束をした相手を待っていたからです」

「矢坂さんは？」

　正岡が言葉をかけると、矢坂雅代は驚いたように顔を上げた。

「自殺でないことは、私にもはっきりと言えます。私はあのとき小寺さんと相部屋で、いつも身近かにいましたが、自殺するようなななにかは、まったく感じ取れませんでした。最後に露天風呂に行くときでも、手にした手拭いを振ったりして、なんとなく浮々していたくらいですから。それに、私には事故死も考えられません」

「つまり、殺人事件というわけね？」

「そういう結論になります。でも、いったい誰が、なんの理由で、小寺さんを崖から突き落としたのか……」

　矢坂は言葉を切り、深水と視線を合わせた。

## 2

「ところで、深水君」

鹿村が、流し目で深水を見た。

「ここらあたりで、『酔いどれ探偵』の高説を拝聴したいものだね。秋保温泉でも、それらしい意見は耳にしていなかったように思うけど」

いかにも鹿村らしい嫌味な言い方だな、と深水は思ったが、それは仕事の上でもすでに馴《な》れっこになっていた。

「鹿村さんとまったく同じ意見です。小寺さんの死は、殺人以外の何物でもありません」

と深水は言った。

「なるほど。で、犯人の目星は？」

「ホテルの日本庭園のベンチに座っていた小寺さんを、人工滝の岩場に誘い出した人物が、その犯人です」

深水は、わざとそんな答え方をした。

「そんなことは、わかっている。その人物が誰かと訊《たず》ねているんだ」

「さあ、そこまでは」

「つまり、五里霧中というわけか」

「しかし、事件を解く糸口は、はっきりと残されています」

「ほう。どんな？」

「もちろん、ホテルのトイレの中での、神保さんと風間さんの会話です」

深水が言うと、神保はとたんに困惑した表情になり、長い髪をうしろにかき上げた。

「深水課長の説に、私も賛成ね」

正岡が言って、神保に向きなおった。

「この場で、正直にすべてを話してほしいわね」

「風間さんが、ホテルでも説明したはずです。社員のちょっとした陰口だったと」

視線をそらせながら、神保は答えた。

「いいかげんにして」

正岡はその言葉と同時に、手の平でガラス製のテーブルを荒々しく叩《たた》いた。

冷静な正岡にしては、まったく珍しい言動で、神保はぎくっとして身を反《そ》らした。

「そんな下手な説明が、まだ通用するとでも思っているの。社員の陰口を耳に入れたくらいで、小寺さんがトイレから、あなたや風間さんを慌てて追いかけたなんて、ここにいる誰もが信用してはいないのよ」

「素直に話すべきだね、このさい」

鹿村が、わざとおだやかに言った。

「話しますわ」

正岡の剣幕に気圧《けお》されたらしく、神保は急にしおらしい口調に変わった。

「私が風間さんに向かって話したんです、うちの社員の異性関係を」

「異性関係？」

「でも、それ以上は言いたくありません」

「なぜ？」

「相手を傷つけたくないからです」

神保は口許を固くつぐみ、首を激しく横に振った。

「すると、神保さん」

言葉をはさんだのは、板倉一行だった。

「その男女は、つまり、不倫の関係にあった、という意味だね？」

「ええ、まあ」

神保はかすかな声で短く答え、

「でもいまは、その男女の名前は言いたくありません」

と言って、顔をうつ向けにした。

「神保さん」

深水が訊ねた。

「あなたと風間さんを追いかけて行った小寺さんは、露天風呂の中で、二人のその話を繰り返したんだね？」

「ええ。いきなり、そんな話を切り出され、私も風間さんも驚きました。まさかあのとき、小寺さんがトイレを使っていたなんて知りませんでしたから」

「つまり、小寺さんは、トイレの中での話は本当か、という意味のことを話しかけてきたんだね？」

深水は、そう確認した。

「そうです。『厄介払いができる……』云々《うんぬん》の話は本当なのか、とか言って。『厄介払い』云々と言ったのは、私ではなく、風間さんでしたけど」

神保は早口に答えた直後に、複雑な表情になって、口許を片手でおおった。

「厄介払い……」

鹿村安次が額に皺《しわ》を寄せながら、低くつぶやいた。

「それで、風間さんはなんと答えたの？」

深水が訊ねた。

「私も風間さんも……」

神保はいきなり顔を上げ、視線を宙に置いていたが、

「私も風間さんも、本当のことだと返事をしました」

と言った。

「そしたら、小寺さんはなんと？」

「ひどく驚いた顔をして、黙りこんでいました。そしてすぐに、露天風呂を出て行ったんです」

五人の視線が神保にそそがれ、短い沈黙があった。

深水はこのとき、神保がトイレで口にした不倫関係の男というのは、もしかしたら、小寺の恋人の津久田健ではないのか、と一瞬思ったのだ。

しかし、深水はすぐに、そんな考えを頭から追い出した。

あの津久田が――小寺康子に夢中になっていた津久田が、小寺以外の女とそんな関係にあったとは、やはり考えられないことだったからだ。

# 3

「もしかしたら、神保さん」

板倉が、言葉を選ぶようにして、ゆっくりと言った。

「その不倫の関係にあった男というのは、津久田さんのことじゃないのかね？」

「津久田次長……」

驚いたように高い声を発したのは、正岡冬江だった。

「違います。津久田さんではありません。けど、いまは名前は言えません」

神保が、低い声で答えた。

「考えとしては、充分に成り立つね」

口ひげにせわしなく指を使いながら、鹿村が板倉に言った。

「そうだったとすると、小寺さんはそのことを、相手の女性に確認をとっていたはずだ。その女性は、その場では即答せずに、日本庭園で話をしようとか言って、小寺さんを誘い出したんだ」

「ちょ、ちょっと待ってください」

深水が予想したとおり、矢坂雅代が慌てた口調で言葉をはさんだ。

「そうなると、この私が、その女性だということになるじゃありませんか」

「まあね」

鹿村が平然と言った。

「冗談ではありません。この私が、津久田さんとそんな関係にあったなんて。いえ、それより、私が小寺さんを崖から突き落としたなんて、とんでもない話です」

ふくよかな頬をふくらますようにして、矢坂が抗議した。

「矢坂さん。鹿村次長たちは、単なる仮説を話しているだけよ」

正岡が諭《さと》すように言った。

「そう、単なる仮説にすぎません」

板倉は口許に小さな笑みを刻んだ。

「津久田さんではありません」

神保が、同じ言葉を繰り返した。

「ホテルで風間さんも話していましたが、私たちのトイレでの立ち話は、小寺さんにも関係のない内容だったんです」

「しかしね、神保さん」

板倉が、苛《いら》だったような口調で言った。

「小寺さん自身にも、また恋人の津久田さんにも関係のない話だとしたら、小寺さんはなにゆえに、慌ててきみたちのあとを追いかけたりしたんだろうかね」

「さあ」

神保は首を小さく振り、腕時計を見ながら、ソファから立ち上がった。

黙ってドアに歩みかける神保のうしろ姿を、正岡冬江は横目使いに眺めていたが、やがて疲れたように上半身を椅子にもたせかけた。

「ひどくお疲れのようですね」

矢坂が身を乗り出し、心配そうに声をかけた。

正岡の額にうっすらと汗が浮き、頬が青白んでいた。

「大丈夫。こんなときに寝《やす》んでもいられないから」

眼を閉じたまま、正岡は力なく言った。

## 4

午後七時五分。

残業を終えた深水は、机の上を整理して、ポケットからタバコの包みを取り出した。人事課の課員たちは、すべて定時に退社し、デスクには深水一人だったので、踊り場の喫煙所まで足を運ぶ必要はなかったのだ。

深水がライターを点火したとき、総務部のドアの外に靴音が聞こえ、長身の男が姿を見せた。

販売部の課長、津久田健だった。

「残業かね」

津久田は、持前の太い声で言った。

ひきしまった男性的な津久田の顔は、少しやせて見え、無精ひげが這《は》っていた。

「いま、終わったところです」

「今日の午後、正岡常務室でみんなと話をしたそうだね」

「ええ。風間さんだけが欠席していましたが」

「久しぶりに、一杯やらないか」

「望むところです。津久田さんとは、もっと早くに話したいと思っていたんです」

深水は今夜にでも津久田を誘おうと思っていたので、相手の申し入れは、まさに好都合だった。

深水はタバコに火をつけ、津久田のあとから総務部を出た。

お茶の水の通りには、夕方から降り出した雨が横なぐりに吹きつけていた。

5

深水と津久田健は、駅前にある行きつけの居酒屋に駆けこみ、奥の手狭な座敷のせんべい蒲団《ぶとん》に座った。

「改めて、お悔み申しあげます。気を落とされたことでしょう」

ウイスキーのボトルと料理を注文したあとで、深水はそう言って頭を下げた。

「まだ信じられない。秋保温泉から電話をもらったときは、夢でも見ているのかと思った」

「でしょうね」

「康子さんとは旅行に出る日の午前中に顔を合わせたんだが、みやげに地酒を買ってくるとか言って、とても元気にしていたんだ。それなのに……」

ボトルが運ばれると、津久田は自分でかなり濃い目の水割りをつくり、あおるようにして飲みほした。

「小寺さんは、いい人でした。仕事がよくでき、無能なこの私を、うまくサポートしてくれていました」

深水には、正直なところ、小寺康子は扱いにくい相手だったが、仕事の面では誰よりも高く評価していたことは事実だった。

「かけがえのない人を亡くした。この年になって、愛し合える相手が現われるなんて、思ってもいなかったから」

「小寺さんとのことは、私も驚きました。津久田さんは、女性にはまったく興味のない男、一生涯独身を貫く男、と思いこんでいましたから」

話が湿っぽくなるのを避ける意味から、深水はそんな話題を、わざと明るい口調で言った。

「ばかな。私は木石《ぼくせき》ではない」

「ほう。すると、過去に何度か女性経験があったと?」

「艶福《えんぷく》家の文さんとは違うよ。この私は」

「艶福家というのは、多くの女性にもてる男のことですよ。たしかに、私は数多くの女性にちょっかいを出していましたが、すべて振られっぱなしでした」

深水は笑った。

「私のは、康子さんのほかには、ただの一度だけだ。そのことは、康子さんにも話したが」

「そうでしたか」

「だが、残念ながら結婚には至らなかった」

「聞かせてほしいですね、参考までに。誰ですか?」

深水は明るく訊ねたが、津久田が答えるはずがないことは承知のうえだった。

「そんなことよりも、文さん」

津久田は話を転じ、またグラスをあおると、

「正岡常務室での話を聞かせてくれないか、詳しく」

と言った。

「小寺さんの死についての見解は、分れていました」

常務室での話を思い起こしながら、深水が言った。

「神保さんは、事故死説でした。板倉さんは、秋保温泉のホテルでのときと同じに、自殺説を強調していましたが」

「自殺……あの康子さんが、自殺を?」

津久田は大きな眼をむくようにして、深水を見た。

「ばかな。なにゆえに、康子さんがあんな場所で自殺を……」

精神面の欠陥云々の、板倉一行の見解を、深水は言葉を選ぶようにして、津久田に語った。

「つまり、文さん。康子さんが精神的に不安定になっていて、衝動的に死を選んだ、という意味だね？」

「そうです」

「ばかばかしい。康子さんは少し神経質で、几帳面《きちょうめん》すぎるところはあったが、はっきりと正常だった。それは、この私がいちばんよく知っていることだ」

「ええ」

「板倉君の言うとおり、肺炎で入院したときの康子さんは、肺癌ではないかと疑心暗鬼になり、私も少し手こずったことはある。けど、入院があのように長びき、体調が元にもどらなかったとしたら、康子さんでなくとも、そんな暗い疑いを胸に抱くんじゃないのかね」

と津久田は興奮した口調で言った。

「だと思います」

深水はそんな話題を打ち切り、話を進めた。

「残りの三人――つまり、矢坂さん、鹿村さん、それに正岡常務は、小寺さんが殺されたと主張していました。ことに正岡常務は、電話で死を知らされたときから、殺人事件だと言い続けていました」

深水はこのとき、仙台のホテルから秋保温泉に向かうタクシーの中での、正岡冬江の言葉を断片的に思い出した。

「で、文さんは？」

津久田が訊ねた。

「正岡常務と同じ意見です。『酔いどれ探偵』が、こうして首を突っこんだのは、殺人事件と判断したからです」

「私も同じ考えだ。事故死や自殺だとは、最初から考えていなかった。康子さんは殺されたんだよ、あの旅行で一緒だった『五十八会』のメンバーの誰かに」

津久田は言って、口許を歪《ゆが》めた。

「正岡常務から聞いておられると思いますが、事件解決の糸口は、神保さんと風間さんの二人がホテルのトイレで交わした会話の中にあると思います」

「私も、そう思う。けど、神保さんたちは、その会話の内容は、うちの社員の、ちょっとした陰口だったと話しているそうだけど」

「今日、神保さんから聞き出したんですが、その内容は、異性関係のことだったんです。神保さんが、その男女のことを風間さんに話したんです」

「異性関係……」

津久田は深水を見つめ、言葉を途切らせたが、

「トイレを使っていた康子さんが、その話を耳にし、慌てて神保さんたちを追いかけて行ったと？」

と訊ねた。

「小寺さんは露天風呂の中で、神保さんと風間さんの二人に確認していたそうです。『厄介払いができる……』云々の話は本当か、とか言って」

「厄介払い？」

「よく理解できません、私にも。そのことをトイレで喋《しゃべ》ったのは、風間さんのようですが、神保さんは、うっかり口を滑らせてしまったという感じでした。そのことを話した直後に、慌てたように口許を片手でおおって、複雑な表情をしていましたから」

深水は、そんな神保由加の挙措《きょそ》を改めて思い浮かべた。

「で、神保さんたちは、康子さんになんと返事をしたんだね？」

津久田はグラスをテーブルにもどし、深水を食い入るように見つめた。

「二人とも、本当のことだ、と返事をしたそうです」

「本当のこと……で、康子さんは？」

「返事を聞くと、ひどく驚いた顔をして、黙りこみ、すぐに露天風呂から出て行ってしまったとか」

「ひどく驚いた顔をして……」

津久田は低く繰り返し、少ししてから、

「で、その異性関係の男女は、誰だったと？」

と訊ねた。

「それがわかっていたら、最初に話していますよ。神保さんは、最後まで名前は明かしませんでした。その男女を傷つけることになるから、とか言い張って」

「そう。しかし、ホテルのトイレの中で、そんなことを平気で口にしておきながら、いまさら相手を傷つけたくないなんて、おかしな理屈だね」

「板倉さんはそのとき、不倫関係にある男のことを、名前を上げて、神保さんに確認していましたが」

津久田の反応を確かめたかった深水は、あえてその一件を話題にした。

「誰の名前を上げて？」

「津久田さんです。異性関係にあった男というのは、もしかしたら、津久田さんのことではないのか、と言って」

「そんな、ばかな」

思ったとおり、津久田は太い声をはり上げるように言った。

「この私が、そんな不貞を働いていたなんて。康子さんに夢中だったこの私が……」

「もちろん、わかっています。しかし、あの場合、この私でも、一瞬そんな疑いにかられてしまいました。小寺さんが耳にはさんだ話が、津久田さんの裏切りに関するものであり、そのために、康子さんが慌てて二人を追いかけて行ったと」

「それに対して、神保さんはなんと？」

「否定していました」

「当然のことだ」

「最後にも、神保さんは、トイレでの立ち話は、小寺さんにも津久田さんにも、まったく関係のない内容だった、と繰り返していました」

深水が言った。

6

「しかし、文さん」

津久田は、男性的な顔を横にかしげながら、

「トイレでの神保さんたちの話が、康子さん自身にも、この私にも無関係な内容だとしたら、康子さんはなぜ、慌てて神保さんたちのあとを追いかけて行ったりしたんだろうか？」

と、板倉一行と同じ意味の質問をした。

「私も、それが疑問なんです」

「他人の異性関係の話に、あの康子さんがそんな興味を示したなんて、私には考えられないことだが」

「小寺さんが二人のあとを追いかけたのは、ほかに別な理由があったからだ、としか考えられませんね」

小寺康子は他人のことにはあまり関心を示さない女性で、そんな彼女が他人の異性関係の話に異様な関心を示していたとは、深水には考えにくかったのだ。

だとすれば、小寺が関心を示したのは、そんな話ではなく、それにまつわるなにかだったと考えるのが自然な気がするのだ。

「それにしても、神保さんが話に出した男女というのは、いったい誰のことだったのだろうか」

料理に箸《はし》を動かしながら、津久田が独《ひと》り言のように言った。

「名前はわかりませんが、相手は限られていますよ」

「限られている？」

「あの旅行に参加した『五十八会』のメンバーの中に、という意味です」

「なぜ？」

「神保さんが、その男女の名前を明かさなかったのは、相手を傷つけたくないなどという理由からではなかったと思います。その相手が常務室に――つまり、彼女の眼の前にいたからです」

深水は言った。

「目の前に……つまり、秘書の矢坂さん、鹿村さん、それに板倉君、ということになるが」

「ええ」

「すると、女は秘書の矢坂さんということになるね。矢坂さんが鹿村さんか板倉君のどちらかと関係を……」

「そうとは言い切れません。一方の相手は、常務室にはいなかったとも考えられますから」

「なるほど」

津久田はまた濃い目の水割りをつくり、深水のグラスにウイスキーを注《つ》ぎ足した。

「いずれにせよ、康子さんを崖から突き落とした人物は、その三人――矢坂さん、鹿村さん、それに板倉君の誰か、ということになるね」

「ええ、まあ」

「康子さんは、その三人のうちの誰かに、異性関係のことを話し、そのために口を封じられてしまったんだ」

津久田はそう言って、グラスを音たててテーブルに置いた。

「そんなことを相手に話さなければ、康子さんは命を落とさずにすんでいたのに」

「ええ……」

深水は言いかけて、思わず口をつぐんだ。

小寺康子は、トイレで耳にしたことを、なぜわざわざ相手に告げたりしたのだろうか、と深水は思ったのだ。

小寺は他人の弱味を握って、楽しむようなタイプの女性ではなかったのだ。それなのに、神保たちを追いかけてまで確認し、その少しあとで、相手にそのことを話していた小寺を、深水はどう理解していいのか迷った。

「文さん。こうなったら、神保さんか風間さんのどちらかから、すべてを聞き出すことが先決だね」

津久田が言った。

「もちろんです。あした、正岡常務と二人で神保さんたちと話す手はずになっているんです」

「そのとき、私も加えてもらえないか。私が聞き出してみせるから」

「かまいません。話は、午後の一時からですが」

「そう。ところで、今夜は大いに飲まないか」

「いいですね」

「いくら飲んでも、酔いがまわらない感じだが、酒でも飲まなけりゃ、やりきれないよ」

「お伴しますよ」

ほぼ空になったボトルを眺めながら、このぶんだと、例によって明日も二日酔いだな、と深水は観念した。

# 第四章　逃亡の経路

## 1

九月四日、金曜日——神保由加の死の当日。

とても昼食を腹に入れる状態ではなかった深水文明は、社員食堂の自動販売機で買ったトマトジュースを、三階の人事課のデスクでゆっくりと飲んだ。

ひどい二日酔いで、頭ががんがんと鳴り、不快なむかつきが幾度となく胸許に突き上げてきた。

酒豪とは決して言えない深水が、うわばみの津久田健を相手に、四軒ものはしご酒をやったのだから、かくなる結果は当然と言えた。

昨日からの雨はやみ、陽がさしこんでいたが、すぐにでもひと雨きそうな暗い雲が、天空に流れていた。

トマトジュースを半分飲み、深水は秘書課の神保由加に連絡をとるために、傍らの受話器を取り上げた。

電話に出たのは秘書課長の江口《えぐち》れい子で、神保は午前中から五階の資料室で仕事をしている、と深水に告げた。

深水が資料室に電話を入れると、すぐに受話器が取り上げられ、神保の独特なだみ声が聞こえてきた。

「深水です。いま忙しいの？」

「ええ。それなりに」

「正岡常務から聞いていると思うけど、ちょっと話をしたいんだがね、事件のことで」

「今日は、お断わりしたいんです。ひどく頭痛がして、これから早退しようと思っていたところですから」

神保は、すげない口調で言った。

「津久田さんも、直接に話したいと言っているんだ。このさい正直にすべてを話したほうが、きみの身のためだと思うがね」

「なぜ?」

「小寺さんを殺した犯人が、きみや風間さんの命を狙わないとでも思っているのかね」

「そんな。私は小寺さんの死を、あくまでも事故死だと考えていますから」

神保はそう言ったが、その声は途ぎれがちで、弱々しかった。

「違うね。殺人事件だ。犯人はね、きみや風間さんの口から、秘密が洩《も》れるのを恐れている人物だよ」

「違います……」

「身を守るには、ホテルのトイレでのことを、早く正直に話すしかないんだよ。そうしないと、小寺さんのように……」

「風間さんです……」

いきなり、神保が口早に言った。

「なにが?」

「トイレの鏡の前で、風間さんに話したんです。私は少し酔っていたので、つい口が軽くなってしまって」

「それは、先刻承知だ。だから、風間さんに誰のことについて喋《しゃべ》ったのかを、きのうから訊《き》いているんだよ」

「だから……私が偶然に知った、風間さんの異性関係を、彼女に喋ったんです」

と神保は言った。

「え？」

「あとは、風間さんに直接訊いてみてください。私は、早退しますから……」

「ちょっと、神保さん……」

深水が呼びかけた直後に、神保は受話器を置いた。

深水は電話をかけなおそうとしたが、資料室を直接訪ねようと思いなおし、椅子から立ち上がった。

時刻は、午後一時五分前だった。

深水はエレベーターは使わずに、二日酔いの不快感をこらえながら、ゆっくりと階段に足を運んだ。

――私が偶然に知った、風間さんの異性関係を、彼女に喋ったんです。

急に降り出した横なぐりのにわか雨を窓外に眺めながら、そんな神保の言葉を、深水は再び思い起こした。

## 2

五階には四つの会議室と倉庫があり、資料室はその北側に位置していた。

西側の階段を昇りきった深水は、資料室ぞいの廊下を歩き、第一会議室の前を左に曲がって、資料室の正面のドアに近づいて行った。

「よう、文さん」

そのとき、深水の前方の廊下に声が聞こえ、津久田健が大またに近づいてきた。

「たしか、午後一時の約束だったね。神保さんは、資料室にいると聞いたもんで」

津久田が言って、腕時計を見た。

「あら、深水さん」

そのとき、津久田の背後に、秘書の矢坂雅代の声がした。

「お二人とも、資料室になにか用事でも?」

「神保さんと、ちょっと話をしたいと思って」

深水はそう答えながら、資料室の正面のドアを軽くノックした。

「あら、私も。神保さんが早退するので、代わって仕事を引きつぐことになったんです」

　と矢坂が言った。

　資料室からはなんの応答もなかったが、深水はドアをあけようとして、把手《とって》を掴《つか》んだ。

　だが、ドアは内側から施錠されていたのだ。

「カギをかけて、仕事をしていたのかしら?」

　矢坂はそう言って、その場を足早に離れ、廊下を左手に曲がった。

「もう早退したんじゃないのかね」

　津久田が言った。

「そんなことはないと思います」

　深水は神保がドアをあけてくれるのを待とうと思い、再びこぶしでドアを叩《たた》いた。

　そのときだった。

　資料室の中から、金属物が倒れるような音が短く聞こえてきたのだ。

「なんだろう」

　津久田が首をかしげ、把手をひねったが、ドアは施錠されたままだった。

　深水と津久田は正面のドアから離れ、矢坂と同じように、廊下を左手に曲がった。

倉庫側のドアの前には矢坂の姿はなく、深水は急いでドアの把手をひねったが、そのドアにもカギがかけられていた。

資料室には三つのドアが設けられていて、残りのひとつは、正面のドアの反対側の奥にあった。

深水と津久田が廊下を左に曲がると、ひらいた奥のドアから中をのぞきこんでいる矢坂の姿が眼にはいった。

矢坂のその中腰の姿は、いかにも異様だった。

「どうしたの?」

思わず訊《たず》ねた深水の胸に、冷たいものがかすめ過ぎた。

「神保さんが……」

駆け寄った深水の傍らで、矢坂が資料室の中を指さした。

倉庫側のドアのすぐ手前、壁ぎわに並んだ資料棚の足許に、あお向けに倒れている神保由加の下半身が見えた。

「神保さん……」

深水は部屋に駆けこみ、神保の傍らに膝を折った。

神保の長い髪は血で濡れ、その幾条《すじ》かが、彼女のやせた頰に伝わり落ちていた。

「神保さん……」

深水の背後で、津久田が声高に呼んだが、神保由加はすでに息絶えていた。

「殺されたんだ。ひと足遅かった」

立ち上がった深水は、死体の頭のすぐ近くの、倉庫側のドアの把手を調べ、そして正面のドアの把手も確認した。

二つのドアには、先刻と同じように、ちゃんとカギがかけられていた。

「さっきの物音は、あれだったんだね」

津久田が言って、テーブルのわきに電話台と一緒に転がっている電話機を指さした。

「矢坂さん」

あいたままの奥のドアを指さしながら、深水が訊ねた。

「あの奥のドアは、きみがあけたの？」

「いいえ。あいたままになっていました。私は声をかけて中をのぞいたんですが、そしたら、神保さんがあお向けに倒れていて……」

矢坂は震《ふる》え声で答え、こわごわと神保の死体を見おろした。

「あの奥のドアの前にくるまでの間、廊下で誰にも会わなかったんだね？」

深水が訊ねた。

「ええ、誰の姿も見かけませんでした」

矢坂は死体に視線を置いたまま、はっきりした口調で答え、

「倉庫側のドアをあけようとしたんですが、カギがかかっていました。それで、奥のドアにまわったんです。まさか、神保さんが血まみれになって倒れているなんて……」

と言った。

奥のドアから廊下に出た深水は、右手に視線を移した。

廊下の右手に男女二つのトイレがあり、廊下の突き当たりは、四階におりる東側階段になっていた。

深水は視線をもどし、斜め前の非常口の扉を押しあけて、曇天《どんてん》の戸外を仰いだ。

鉄製の階段はすぐ上の屋上から続き、裏庭に達している。

――この非常口しかない。犯人は、この非常口から逃亡したのだ。

と深水は思った。

「どうかしたの?」

そのとき、深水のすぐ背後で男の声が聞こえた。

近づいてきたのは、口ひげをたくわえた営業部次長、鹿村安次だった。

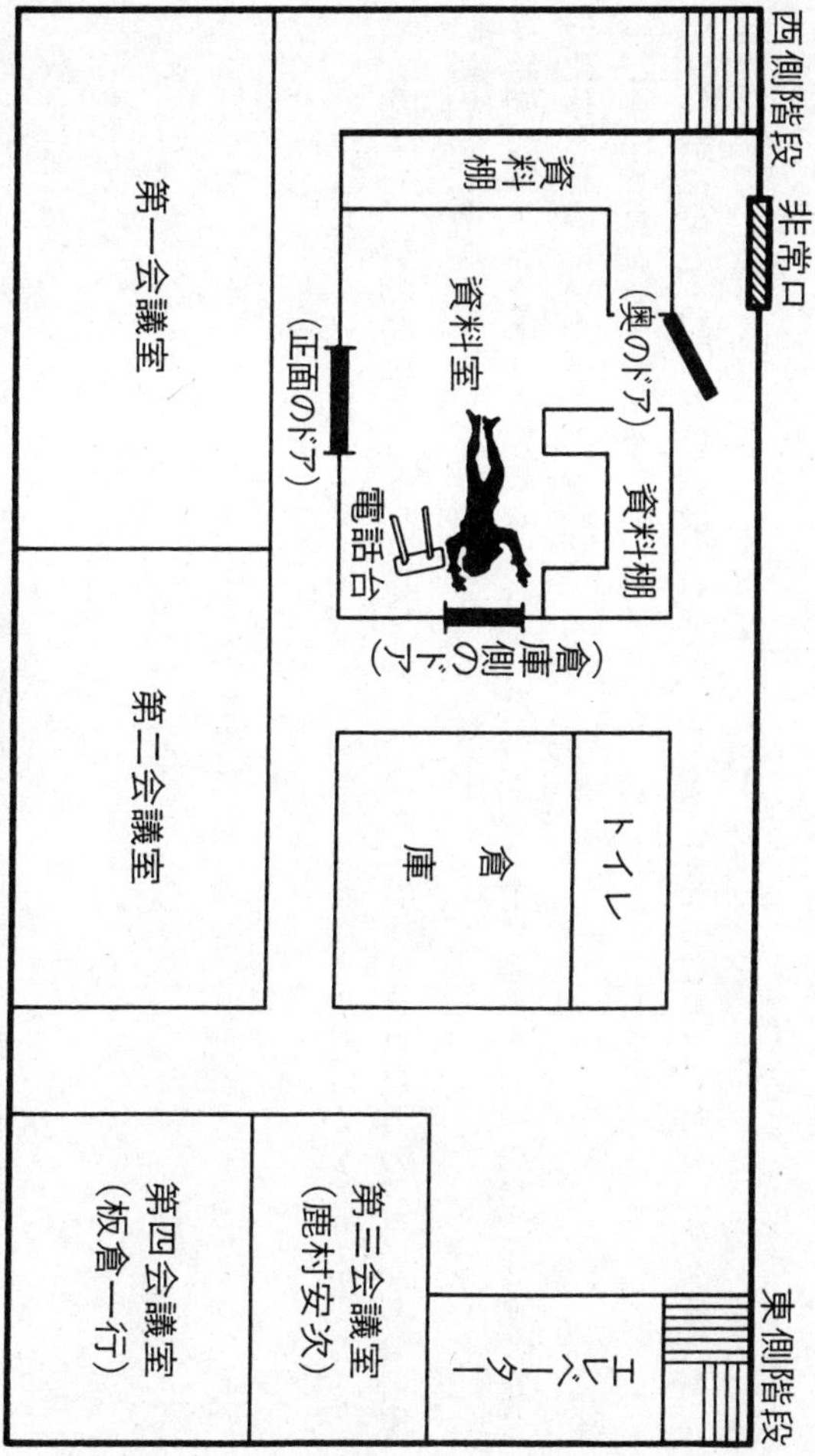
西側階段
非常口
資料棚
資料室
(奥のドア)
(正面のドア)
電話台
資料棚
(倉庫側のドア)
第一会議室
トイレ
倉庫
第二会議室
第三会議室
(鹿村安次)
第四会議室
(板倉一行)
エレベーター
東側階段

【五階見取図】

非常口を閉じた深水は、あいたドアから黙って資料室の中を指さした。

顔をのぞき入れた鹿村は、すぐに小さく声を上げ、深水を振り返った。

「殺されたんです」

深水が言った。

「まさか、そんな……」

鹿村がずり下がった縁なし眼鏡をそのままにし、ゆっくりと資料室にはいって行った。

その少しあとに、エレベーターのドアがあき、常務の正岡冬江が姿を現わした。

正岡は矢坂から電話で知らせを受けていたのか、黙って足早に奥のドアから資料室にはいって行った。

新調のスーツを着こんだ板倉一行が、奥のドアの前に姿を見せたのは、正岡が茫然《ぼうぜん》と死体を眺めていたときだった。

「どうかしたんですか？」

資料室に視線を配った板倉は、肩で荒く息をするようにして、神保の死体を見守った。

3

午後一時二十分。

お茶の水署の係員たちが五階に到着し、その少しあとから、五十歳前後の髪の薄くかぼそい、やせ細った顔の男が資料室に姿を消した。

捜査の主任は、例によって久保《くぼ》警部ではないかと深水は思ったが、ごま塩頭のずんぐりした男の姿は、どこにも見当らなかった。

しばらくすると、先刻のやせ細った男が資料室から姿を現わし、廊下にいた常務の正岡冬江になにやら言葉をかけた。

正岡は短いやりとりのあと、倉庫の前に立っている深水に人差し指を向けると、相手の男は靴をひきずるような独特な歩き方で、深水にゆっくりと近づいてきた。

「人事課の深水さんですね？」

男は柔和な眼をなごませながら、低い弱々しい声で訊ねた。

「そうです」

「私はお茶の水署の警部、重《しげ》という者です。深水さんのお名前は、久保警部から幾度となく聞き及んでいます」

「そうですか。久保警部には、うちの社員の事件で二度ばかりお世話になりました」

「どうかよろしく。それにしても、深水さん。またしても社内殺人ですな」

重警部はそう言い残して、再び正岡冬江の傍らにもどった。

深水の頭の中に、怒り肩で、がにまた歩きの久保警部の姿が浮かび、

「それにしても、深水さん。よく事件の起こる会社ですなあ」

と無表情に言った久保の言葉が、耳許に聞こえてきた。

# 4

深水たち七人の関係者は、現場の資料室の前の第一会議室に呼び寄せられた。

深水たちを招集したのは、中島《なかじま》という名前の、どこか尊大にかまえた四十歳前後の小柄な刑事だった。

深水たちが椅子に座るとすぐに、端にいた中島刑事が、なんの前置きもなしに、事件の説明を始めた。

「秘書課の神保由加さんの死因は、後頭部を金属様の鈍器で三度にわたって強打され

たもので、即死と思われます。死亡推定時刻は、いまのところ、午後一時前後と考えられます。資料室のテーブルの上の状況などからして、犯人はテーブルで仕事をしていた神保さんを、背後から一撃し、床に倒れた神保さんを、さらに後頭部を二度殴りつけ、死に至らしめたものと思われます。死体の最初の発見者は、秘書課の矢坂雅代さん、それと人事課の課長代理、深水文明さん、それと販売部の津久田健さんの三人でしたね」

せかされてでもいるような早い口調で説明を終えると、中島は黙って深水たち三人に視線を配った。

「私が資料室を訪ねようとして、三階の総務部の部屋を出たのは、なにげなく壁の時計を見上げたので、よく覚えているのですが、午後一時五分前でした」

深水はいまだに続く二日酔いの苦痛に耐えながら、ゆっくりと言葉を発した。

事件のこんな事情聴取のときは、決まって二日酔いの状態だったことを、深水は改めて思った。

「西側の階段を使って五階に着き、会議室側の正面のドアに近づいたとき、こちらに歩いてくる津久田さんの姿を眼にとめたんです。そして、そのすぐあとに、矢坂さんが見えました。私は矢坂さんと短い会話を交わしながら、ドアをノックしましたが、中からは応答がありませんでした。それで、把手を摑んでドアをあけようとしたんですが、カギがかかっていたんです。矢坂さんはその場を離れ、倉庫側のドアに歩き出していましたが、私と津久田さんの二人は神保さんがドアをあけてくれるのを待とうと思い、再びノックしたんです。その直後でした、資料室から物音が聞こえてきたのは」

「どんな物音が?」

中島が、抑揚のない声で訊ねた。

「金属物が床に倒れ落ちるような物音でした。神保さんが座っていたテーブルのわきの電話台が倒れ、電話機が床に転がっていましたから、おそらく犯人が現場から逃げようとしたさいに……」

「個人的な意見は、けっこうです。話を続けてください」

中島が言った。

「私と津久田さんはその場を離れ、倉庫側のドアを急いであけようとしましたが、そのドアも内側から施錠されていたんです。それで私は、残るもうひとつのドア──奥のドアに歩きかけたんですが、そのドアは外側にあいていて、矢坂さんが資料室の中を、中腰になってのぞきこんでいました。そして、資料棚の足許にあお向けに倒れている神保さんを眼にとめたんです。中に駆けこみましたが、神保さんはすでに息を引きとっていました」

「あの資料室のドア――つまり、会議室側の正面のドアと、倉庫側のドアには、いつもカギをかけていたんですか？」

重が、物静かに訊ねた。

「いいえ」

代わって、矢坂雅代が答えた。

「あの資料室は、私どもの秘書課で管理していますが、いつもは、いずれのドアにも、カギはかけたことがありません。深水さんが会議室側の正面のドアの把手をひねり、あかないのを見たとき、私は神保さんがカギをかけて仕事をしていたのかと、ちょっと不思議に思ったんです」

「それで、あなたは二つ目のドア――倉庫側のドアに行き、あけようとしたんですね？」

「そうです」

「そのドアにも、カギがかかっていた、というわけですね？」

「ええ。それで私は、また廊下を左に曲がり、奥のドアに行ったんですが、そのドアは外側にあいたままになっていました。ドアから中に声をかけた私は、思わず小さく声を上げました。神保さんが長い髪を血まみれにして……」

「ところで、午後の一時前後のことですが」

矢坂の説明をさえぎるようにして、中島がせわしい口調で言った。

「深水さんと矢坂さん、それに津久田さんの三人は別にして、ほかのみなさんは、どこにいましたか？」

「私は、二階の自分の常務室におりました」

最初に答えたのは、常務の正岡冬江だった。

「現場にいたという矢坂さんから電話をもらい、驚いて資料室に駆けつけたんです。神保さんは体調が悪いと言って、午後から早退を申し出ていましたが、まさかその神保さんが、資料室で殺されていたなんて」

「私は午前中からずっと、この五階の第三会議室で書類の整理をしていました。午後の一時ちょっと過ぎに、トイレに立ちましたが、そのとき、資料室の奥のドアがあいていて、深水君が非常口の扉から顔を出しているのを見て、思わず近づき声をかけたんです。そして、資料室で死んでいる神保さんを眼にしたんです」

続いて、鹿村安次がそんな説明をし、傍らの板倉一行に視線を移した。

「私も、この五階の会議室——鹿村さんの隣りの第四会議室で午前十一時ごろから仕事をしていました。昼食から第四会議室にもどり、少ししたときに、資料室の事件を知ったんですが」

鹿村とは対照的に、どこか落着かない口調で板倉が言った。

「風間さんは、どこに？」

中島が訊ねた。

「屋上のレクリエーションルームで、卓球部の試合を観ていました」

風間は化粧をほどこした艶《つや》っぽい顔をうつ向きにして、低い声で答えた。

「何時ごろから、そこに？」

「昼食からもどってからですから、十二時四十分ごろからだったと思います」

と風間が答えた。

「念のために、確認しますが」

中島が、深水に向きなおった。

「三人が、資料室で死体を発見するまでの間、五階の廊下かどこかで、誰かの姿を見かけませんでしたか？」

「西側の階段を昇って五階に着き、会議室側の正面のドアの前に立つまで、津久田さんと矢坂さん以外には、誰とも行き合いませんでした。そして、資料室の中の物音を聞き、倉庫側のドアに向かったときも、廊下には人かげはありませんでした」

深水が答えた。

「その二つのドアは、間違いなく内側から施錠されていました。つまり、犯人が逃亡したのは、その二つのドアからではなかった、ということです」

「そのことは、私どもで判断します」

中島は尊大に言って、矢坂に顔を向けた。

「私があのとき資料室に出向いたのは、深水さんにも話しましたが、早退するという神保さんの仕事を、代わってひきつぐためでした。午後一時ちょっと前のことですが、私はエレベーターで五階に着き、第三と第四の会議室の前を通って、資料室の正面のドアに向かいましたが、途中で顔を合わせたのは、深水さんと津久田さんだけでした。そして、倉庫側のドアに歩き出したんですが、廊下には人かげはありませんでした。最後の奥のドアに行ったときも、同様でしたが」

矢坂は答え、その顔を重警部に向けながら、

「つまり、私と深水さん、津久田さんの三人が正面のドアの前に立ったとき、犯人はまだ資料室にいたんです。犯人が資料室から逃げ出したのは、私が奥のドアに辿《たど》り着

く、ほんの少し前のことだったんです」

と言った。

「そうすると、矢坂さん」

と言ったのは、正岡冬江だった。

「神保さんを殺害した犯人は、深水課長が正面のドアをノックする前に、そのドアにカギをかけ、今度はあなたが倉庫側のドアをあける前に、そのドアにもカギをかけ、そして奥のドアから廊下に出た、と言いたいのね？」

「そのとおりです」

矢坂は眼を輝かすようにして、大きくうなずいた。

5

「風間さん」

中島刑事が、いきなり風間京子に訊ねた。

「昼食からもどり、レクリエーションルームに行く前に、五階の資料室に顔を出しませんでしたか？」

「つまり、資料室にいた神保さんと会っていなかったか、と訊ねているんです」

「え?」

「会っていません」

風間は体を揺り動かすようにして、首を振った。

「深水さんや矢坂さんに、ことさらに説明されるまでもなく、犯人が逃亡に使用したドアは、あの奥のドアだったことは、間違いありません。しかし犯人は、廊下を走って逃げて行くわけにはいかなかったのです。言うまでもなく、矢坂さんか深水さんたちに、その姿を見られてしまうからです。犯人に残された道は、ひとつしかなかったんです」

中島はわざとらしく言葉を切って、

「それは、奥のドアのすぐ斜め前にある非常口です。犯人は非常口に出て、鉄製の非常階段を伝わって逃げるしか方法がなかったんです」

と言った。

「それで?」

「五階から裏庭におりる長い階段と、五階からすぐ上の屋上に昇る短い階段の二つがあります。考えるまでもなく、犯人は短い階段を選んでいたんです。つまり、犯人は屋上に逃げ去っていたということです」

「すると、刑事さん。この私が犯人だったと？」

風間が、声を震わせて言った。

「そういう意味ではありません。ただ、犯人の逃亡経路について語っただけですから」

「でも……」

中島はなにも言わず、ゆっくりと風間から視線をはずした。

「一週間前の秋保温泉での出来事は、こちらの正岡さんから、あらましをお聞きしています」

地肌の目立つ薄い髪をかき上げながら、重が囁《ささや》くような低い声で言った。

「神保さんの事件と関連があるかどうかはわかりませんが、さきほど仙台署に問い合わせの電話を入れたところです」

「もちろん、関連がありますよ。秋保温泉の小寺康子さんの死は、殺人事件です。彼女を殺した犯人は、神保さん殺しと同一人物です」

会議室に鳴り響くような大きな声で、津久田が言った。

「今日の午後一時から、正岡常務と深水君、それに私の三人で神保さんと話をしようと思っていたんです。犯人は神保さんの口から秘密が洩れるのを恐れて、その前に息の根を止めてしまったんです」

「その秘密というのは、ホテルのトイレで神保さんと風間さんの二人が話していた一件ですね？」

「そうです」

「じつは、警部さん。私はその件で、資料室にいる神保さんに電話を入れていたんです」

深水が言った。

「神保さんは、その電話でなにか喋ったのかね？」

津久田が訊ねた。

「ええ、一部分ですが。私が資料室を訪ねたのは、その話の続きを聞きたいと思ったからです。ですが、犯人に先まわりをされ、神保さんは物言わぬ死体となって……」

「その一部分の話というのは？」

深水の話をさえぎって、正岡が性急に訊ねた。

「異性関係のことです。神保さんは電話でこう言ったんです。『私が偶然に知った、風間さんの異性関係を、風間さんに喋ったんです』、と」

「風間さんの……」

　正岡は茫然と風間を見つめ、ほかの視線も風間に集中した。

「風間さん。いまさら、神保さんの言ったことを否定したりしないわね？」

　正岡が言うと、風間は顔をゆっくりと上げ、正岡を見返すようにした。

　すっかり動揺し、頭から否定するものと思ったが、風間は顔を赤く染めただけで、態度には余裕があった。

「事実です。神保さんは、トイレの鏡の前で、私の異性関係のことを話題にしていたんです」

　風間は、いともあっさりと、その事実を認めた。

「あなたと誰の関係のこと？」

「隠す必要もありませんから、はっきりと申しあげます。神保さんは偶然に見たんです、私と下請け会社の営業部員が歩いているところを」

　と風間が答えた。

「下請けの営業部員……」

「その男性には、妻子がいます。でも、神保さんは、まったく誤解していたんです、彼と私が不倫関係にあったと。誓って言いますが、彼とはなんでもなかったんです」

「でも……」

「神保さんにも、そう言いました。でも、彼女は笑って信用しませんでした。私は馬鹿らしくなり、それ以上は否定しませんでしたけど」

「私には、とても信じられない」

津久田が言った。

「するとなにかね。小寺康子さんは、あんたのそんな異性関係を、わざわざ確認するために、トイレからあんたたちのあとを追いかけて行った、とでも説明するつもりかね?」

「そうは言っていません」

「康子さんは、露天風呂の中で、あんたにこう言ったはずだ、『厄介払い、云々の話は本当か』、と」

「ええ、たしかに」

「康子さんが露天風呂の中で確認しようとした事柄は、もっと大事な内容だったはずなんだ」

「そのとおりです。小寺さんにとっては大事なことのようでした。小寺さんが確認したのは、だから、私の異性関係のことなんかではなかったんです」

「では？」

「会社の人の陰口でした」

と風間が答えた。

「誰の陰口だね？」

「気を悪くしないで聞いてほしいんですが」

風間は、その顔を正岡冬江に向けて、

「神保さんが口にしたのは、正岡常務のことでした。陰口も含めて」

と言った。

「私の？」

正岡の道具だての大きい顔に、一瞬複雑な表情が浮かんだ。

「この私の、いったいどんなことを？」

「常務が退院後も、体の調子が思わしくなく、そのために、十一月の定例重役会と人事異動のあと、現職を退いて閑職に付くという話です」

風間は、そう答えた。

「そのことだったの」

正岡は、ため息まじりに言った。

「事実だわ。秘書の神保さんは、重役会でのそんな話を、おそらく盗み聞きしていたのね」

「ええ。神保さんも、そう言っていました」

「で、この私の陰口というのは?」

「正岡常務が現職を退くことで、ほかの重役や部長連中がほっとする、と神保さんが話したんです。厄介払いができる、と言ったのは、そのことだったんです」

「なるほど。私はやっぱり、重役連中や部長たちの嫌われ者だったということね」

正岡は低く言って、軽く口許を歪《ゆが》めた。

「小寺さんがトイレから神保さんたちを追いかけて行った理由が、これでやっと釈然としましたね」

矢坂雅代が正岡に言った。

「小寺さんは営業部時代から、上司だった正岡常務のことを慕い、尊敬していました。その常務が病気のために現職を退くという話は、小寺さんにとってはショックだったはずですわ。だから、そんな話をさらに確認しようとして……」

「わかるような気がするね」

そう言ってうなずいたのは、鹿村安次だった。

「それに小寺さんは、営業部時代から、正岡常務の下で秘書課の仕事がしたいと言っていたからね。常務が現職を退いてしまったら、その希望も叶《かな》えられなくなるわけだから」

小寺康子に関する矢坂と鹿村の話は、たしかに事実だった。

小寺は正岡冬江から、入社時の新人教育を受けて以来、正岡の仕事への情熱とその人柄に魅せられ、尊敬していたのだ。

そして小寺は、正岡の秘書を希望し、人事課に配属されてからも、年に一度提出する社員の異動希望書に、その旨を忘れずに書きこんでいたことを、深水は知っていた。

それはともかくとして、正岡が総務関係担当の常務をおり、閑職に付くという話は、深水にはまったくの初耳で、驚きも大きかった。

仕事にかけては無能の深水をかばい、目をかけてくれたのは正岡で、将来その正岡の力を借りて、人並みに出世したいと願っていた深水だけに、その話はいささかショックだった。

現職を譲らなければならないほどに、正岡の病気が思わしくなかったとは、深水は思ってもみなかったのだ。

それはともかくとして、風間京子のいまの説明は、やはり眉唾《まゆつば》物だ、と深水は思った。

　正岡冬江が病気を理由に現職をおりる話、そしてそれによって重役連中が厄介払いができる話は、事実だったにしても、あのトイレの中で、神保がわざわざそんな話を持ち出していたとは、深水には信じられなかった。

　なぜなら、同じ秘書課の風間が、そんな一件をまったく知らないでいたとは、ちょっと考えられなかったからだ。

　深水はそんな疑念を持ったものの、そのことは、この場では口にしなかった。

## 6

「しかしだね、風間さん」

　津久田健が、再び声をかけた。

「厄介払い云々の話は、それなりに理解できたけど、露天風呂の中で小寺康子さんが確認したのは、正岡常務に関する話ではなかったと思うんだがね」

「ほかに、なにか？」

「もちろん、きみの異性関係の一件だ。神保さんは、その異性関係のことを、康子さんが確認していたと話していたんだ」

「記憶にありません。それに、小寺さんが私のそんな異性関係に、特別な関心を示したなんて、とうてい考えられませんし」

「それは、相手の男によるよ」

「え？」

「相手の男が、下請けの営業部員なんかではなく、康子さんのよく知っている人物だったとしたら、康子さんはおそらく、特別な関心を示したはずだと思うがね」

「ですから、幾度も言うように、相手は小寺さんとはなんの関係もない、下請けの……」

「ですがね、風間さん」

中島刑事が、苛《いら》だった口調で口ばしを入れた。

「異性関係の一件を、小寺さんが露天風呂の中で確認したか、しないかは別にして、あなたがその男性と不倫関係にあり、そんな関係を是が非でも隠しておきたいと願ったとしたら、話は大きく違ってきますよ」

「え？」

「わかりませんかね」

中島は小馬鹿にしたように、口許を歪めた。

「トイレの中でその話を耳に入れてしまった小寺さんは、あなたにとって危険な存在だった。あなたが彼女の口を封じようと思ったとしても、不思議ではありませんね」

「そんな、ばかな。小寺さんの死は、あくまでも事故死です。この私が、殺したなんて……」

風間はまた強く首を振り、赤らんだ顔をハンカチで拭った。

「神保さんが殺されたのも、まったく同じ理由からとしか考えられません。彼女はトイレでの会話の一件で、追及され、追いつめられていました。彼女の口から、会話のすべてが明るみに出されるのは、時間の問題でしたからね」

「そんな。繰り返しますが、私はあのとき、資料室には出入りしていません。屋上のレクリエーションルームで、卓球を観ていたんですから」

「しかし、神保さんを殺した犯人の逃げ口は、ひとつですよ。奥のドアをあけて廊下に出、そして非常口から非常階段を伝わって、屋上に……」

「私ではありません。犯人は、正面のドアから、あるいは倉庫側のドアから逃げ出していたんですわ、深水さんたちの眼をかすめて……」

と風間が言った。

「本気で、そんなことを？」

深水が想像したとおり、中島は軽蔑《けいべつ》の笑みを顔一面にひろがらせた。

「いいですか。正面のドアも、倉庫側のドアも、内側からカギがかけられていたんですよ。かりに、かりに、犯人が深水さんたちの眼をかすめて――つまり、矢坂さんが奥のドアに向かい、深水さんと津久田さんの二人が、倉庫側のドアに向かった隙《すき》に、正面のドアから逃げ出したとしても、そのドアのカギを、いったいどうやって内側からかけ直すことができたんですかね」

「それは、わかっています。でも、私には、それ以外には考えられないんです。犯人は屋上ではなく、五階の廊下に逃げ出していたとしか……」

「つまり、風間さん」

津久田が、どなりつけるように言った。

「私や深水君が――いや、矢坂さんを含めた三人が、ドアのカギのことで嘘をついているとでも言うのかね。ばかばかしい。二つのドアがちゃんと施錠されたままだったことは、資料室にはいったこの私も確認していたんだ」

津久田が視線を深水に向けると、傍らの矢坂雅代が、黙って深くうなずいた。

## 7

「話は変わりますが」

重警部が低い声で言って、正岡冬江にやせた顔を向けた。

「小寺康子さんが秋保温泉で亡くなった日、正岡さんは深水さんや板倉さんと一緒に、仙台支社に出張されておられたそうですが」

「ええ。板倉課長は夕刻から秋保温泉に向かい、私と深水課長は支社の近くのホテルに泊まりました」

正岡は答え、そんな問いにちょっと不審そうな表情をつくった。

「その夜、秋保温泉にいた小寺さんから、ホテルに電話がはいりませんでしたか？」

重は、そんな質問をした。

「いいえ。でも、なぜそんなことを？」

「いや、別にたいした意味はありません。正岡さんの病気のことや、現職を退かれる話を耳にした小寺さんが、そのことを気にして正岡さんに連絡をとっていたのでは、とふと思っただけです」

「そんな電話を受けていれば、最初に報告していますわ」

　正岡は小さく笑った。

「電話といえば、あの夜、私が深水さんに連絡をとりました」

　矢坂雅代が言った。

「小寺さんの姿が見えなくなったことを、知らせておこうと思いまして。最初のときは、深水さんは部屋を留守にしていましたが」

「駅前のスナックで、店のママに足止めを食わされていましたので」

　深水は答え、言わずもがなだったな、とすぐに後悔した。

「矢坂さんからの二度目の電話は、十一時半ごろ部屋で取りました。矢坂さんはそのとき、津久田さんに連絡したほうがいいのでは、と話していましたが……」

「連絡をもらったところで、どうにもならなかった。そのころ、康子さんは崖下に突き落とされ、冷たい死体になっていたんだから」

　と津久田健が言った。

　さして意味のないそんな話を、重はうなずきながら聞き入っていたが、中島は耳を貸さずに、風間京子の横顔にじっと視線を固定させていた。

# 第五章　非常階段の男

## 1

九月七日、月曜日。

深水文明が正岡冬江に呼ばれ、常務室にはいると、その二、三分あとにドアがノックされ、秘書の矢坂雅代が顔をのぞかせた。

矢坂が部屋にはいると、そのあとから、お茶の水署の重警部が、例の靴を引きずるような独特な歩き方で、ゆっくりと姿を現わした。

「お仕事中に恐縮です。事件のお話をしたかったもので」

重は正岡に言って、背後の矢坂に訊《たず》ねた。

「秘書の風間さんは？」

「外出しております。夕刻にはもどる予定ですが」

矢坂が答え、会釈してドアの方に歩みかけると、

「よろしかったら、矢坂さんも同席してもらえませんか？」

と重が声をかけた。

矢坂はちょっと躊躇《ちゅうちょ》したが、正岡に眼顔で促され、ソファの端に腰をおろした。

「事件のことで、なにかわかったんですか？」

正岡が訊ねた。

「ええ、まあ」

重は低く答え、

「その前に、秋保温泉の小寺康子さんの件で、お二人のご意見をうかがいたいと思いましてね」

と言って、薄くかぼそい髪をいたわるように、そっとかき上げた。

「深水課長と同じ意見ですが、殺人事件であることは、もはや疑いようもありませんし」

正岡が言った。

「ええ、同感ですね」

「トイレの中で神保さんが口にしたことが——つまり、風間さんの異性関係云々《うんぬん》の話が、事件のきっかけだったんです。中島刑事も言われたように、犯人はそんな異性関係を、是が非でも隠しおおしたいと思ったんです」

「深水さんのお考えは？」

「同じです。風間さんはその異性関係について、相手の男は下請けの営業部員だとか説明していましたが、それはとっさの思いつきで言ったまでのことです」

風間京子のそんな説明を聞いた瞬間から、深水はそれがその場のがれの虚偽の証言であることはわかっていたのだ。

「じつは、その営業部員の名前を風間さんから聞き出し、本人に当ってみたんです。岸本《きしもと》という名前の、妻子のある三十歳前後の優男《やさおとこ》でしたが、風間さんとの特別な関係については、頭から否定していました。風間さんとは、仕事の打ち合わせで、二度ほど食事に誘っただけだとか言って。まさか、はい、そうです、と答えるはずもありませんが、嘘をついているようには見えませんでした」

「その相手が下請けの営業部員だったとしたら、四日前に私たちが神保さんを追及したときに、彼女はそのことをあっさりと白状していたと思います。神保さんがかたくなに口を閉ざしていたのは、その席に本人がいたからですよ」

と深水が言った。

「なるほど」

「犯人は、風間さんだったとしか考えられません」

正岡が言った。

「異性関係の秘密を知らされた小寺さんを、事故死に見せかけて殺し、そして元凶である神保さんの口も封じてしまったんです」

「私も、そう思います」

矢坂が、正岡にうなずいて見せた。

「神保さん殺しの犯人は、資料室の奥のドアから廊下に飛び出し、非常階段を伝わって屋上に逃げた人物です。だとしたら、風間さんしか考えられませんから」

「じつは、その件なんですが」

重は、さらに声を落として正岡に言った。

「おたくの警備員と話をして、はじめて知ったことですが、屋上のレクリエーションルームの非常口の扉は、あの事件の二日ほど前に故障していたんです」

「故障？」

「ええ。扉が開閉できなかったんです。つまり、外からも内からも、通り抜けはできなかったんです」

「知りませんでした。すると、風間さんは非常階段を伝わって、裏庭におりたという
ことですわね」

「いや。それも、違うようですね」

と重が言った。

「なぜ？」

「レクリエーションルームの卓球のことも調べてみたんですが、犯行時刻の午後一時
前後に、風間さんの姿を見かけたという証人が二人いたんです」

重が答えた。

「風間さんが、非常階段を伝わって裏庭におりたとすると、屋上のレクリエーション
ルームに姿を現わすまでには、エレベーターを使ったにしても、それなりの時間がか
かります。午後一時ちょっと前に姿を見せるのは、やはり無理ですよ」

「すると、犯人は風間さんではなかったと……」

正岡はそう言って、深水を見つめた。

「そうなりますすね」

重が答えて、

「しかし、直接手をくだしたのが、風間さんではなかったという意味ですがね」

と言った。

「え？」

「常務。風間さんは、つまり事件の共犯者という意味です」

深水が、そう補足した。

2

「そうです。秋保温泉での小寺さん殺しに、直接手を染めたのは、風間さんと愛人関係にあった男です。トイレでの神保さんの話、そしてその話を小寺さんに聞かれていたことを、風間さんはその男に話したんです」

と重警部が言った。

風間京子の犯行ではないとしたら、重の言うとおり、犯人は彼女と愛人関係にあった男、としか深水にも考えられなかった。

「すると、警部さん」

矢坂雅代が言った。

ですね？」

「資料室で神保さんを殺し、非常口から裏庭に逃げて行ったのは、その男だったわけ

「そうなります」

「その男というのは？」

「もちろん、秋保温泉に泊まった『五十八会』とやらのメンバーの一人です」

「すると、鹿村さんか板倉さんということに……」

「ええ。そのどちらかが、風間さんの愛人だったはずです。そして彼は、そんな関係を是が非でも隠そうと願ったんです」

「鹿村次長か、板倉課長……」

正岡冬江が、ゆっくりとつぶやき、

「神保さんを追及したとき、その二人も席にいましたわ。だから、神保さんは口を閉ざしてしまったんですね」

と言った。

「その二人の男は、神保さんの事件を知るまで、五階の会議室でずっと仕事をしていたと証言していました。ですが、そのいずれかが、非常階段を駆けおりて裏庭におり、また会議室に舞いもどっていたに違いないんです」

重が言うと、矢坂が即座に言葉を発した。

「となると、鹿村さんは、はっきりと除外できます。鹿村さんが資料室に姿を見せたのは、私と深水さんたちが、神保さんの死体を発見したほんの少しあとのことでしたから」

「ええ。鹿村さんも、そう証言していましたね」

深水はそんな話を耳にしながら、あのときのことを思い起こした。

死体の横たわった資料室を出た深水が、非常口の扉をあけ、外をのぞいていたところへ、鹿村安次が背後から声をかけたのだ。

鹿村はあとで重たちに、トイレに立ったとき、非常口をのぞいている深水を眼にとめ、思わず近づいて声をかけた、と証言している。

犯人が非常階段を伝わって裏庭におり、再び五階の会議室に舞いもどっていたのだとしたら、矢坂の言うとおり、その人物は鹿村安次ではありえないのだ。

深水たちが神保の死体を眼にしたのは、犯人が資料室から逃亡した直後のことだったから、たとえエレベーターを利用したにせよ、そんな短時間で五階にもどれる道理がなかったのだ。

矢坂の言うとおり、鹿村安次は除外できる、と深水は思った。

そうなると、残るのは板倉一行である。

「板倉さんが資料室に顔を見せたのは、いつのことでしたか?」

重が矢坂に訊ねた。

「正岡常務が駆けつけた、すぐあとのことだったはずです」

矢坂が答えたが、深水もそのことは記憶していた。

正岡が奥のドアから資料室にはいり、神保の死体を茫然《ぼうぜん》と眺めていたとき、真新しいスーツを着込んだ板倉がドアの前に姿を現わしたのだ。

時刻を確認したわけではなかったが、それは深水たちが死体を眼にした五、六分ほどあとのことだったはずである。

「なるほど」

重が幾度かうなずいた。

「すると、あのとき屋上にいた風間さんは別にして、板倉さんが現場に現われたのは、関係者の中では、いちばん最後だったということですね」

「そうです」

「ところで、鹿村さんは独身でしたね?」

重が正岡に確認した。

「ええ。五年ほど前に奥さんを病気で亡くしましたが、以来ずっと独り身を続けていました」

「その鹿村さんと風間さんが、特別な異性関係にあったとしても、風間さんはそのことを秘密にする必要はなかった、と言えますね」

重は薄い髪を、またそっとかき上げながら、

「もっとも、鹿村さんのほうに、そんな関係を隠しておきたい、なにか特別な事情があるのなら、話は別ですが」

と言い足した。

「それは、ないと思います」

矢坂が言葉をはさみ、続けてなにか言いかけようとしたが、すぐに口をつぐんだ。

「たしか、板倉さんは妻帯者でしたね？」

そんな矢坂を見守るようにして、重が訊ねた。

「ええ。二年ほど前に結婚されました。奥さんは、うちの西河常務の娘さんです」

矢坂は問わず語りに、そう返事をした。

「ほう。常務の娘さん……」

重は意味あり気に言って、深水を見た。

深水は先刻から、鼻の低い、平板な顔つきの板倉一行の妻の顔を思い浮かべ、仙台駅に向かう途中、板倉と交わした彼女にまつわる会話を、断片的に思い起こしていた。

板倉が、その女房の尻に敷かれているという噂。

二週間後には、女房がブラジルに長期間滞在する予定で、板倉が羽根を伸ばせること。

そんな会話のあとで、板倉は「五十八会」のメンバーが待つ秋保温泉に、タクシーで向かったのだ。

「すると、警部さん」

矢坂が言った。

「風間さんの愛人というのは、板倉さんだったと？」

「考えられますね。当然ながら、そんな不倫な関係は知られたくないと願ったはずです。それが奥さんの耳にでもはいれば、板倉さんは窮地に立たされるわけですから。会社での将来、という意味も含めて」

「私には、とても信じられません。板倉さんが、小寺さんを崖から突き落とし、そして神保さんを殴り殺したなんて……」

矢坂は言って、正岡冬江に視線を向けたが、彼女は薄く眼を閉じ、なんの反応もしなかった。

　矢坂のそんな言葉どおり、深水も、あの板倉一行の犯行だったとは、素直には信じられなかった。

　なによりも、板倉が風間京子とそんな関係にあったということが、深水には得心がいかなかったのだ。

　風間は色っぽい美人だが、驕慢《きょうまん》な性格で、板倉の最も忌《い》み嫌うタイプの女だったからだ。

「風間さんの愛人が犯人だったとし、その男が鹿村さんではないとしたら、残るのは、板倉さんしかいませんからね」

　深水の思いを言い当てるようにして、重がぼそぼそ声で言った。

3

　午後七時ごろに、深水は人事課の席を離れ、踊り場の喫煙所の椅子に座って、二十何本目かのタバコをくわえた。

　深水は二時間ほど前の、正岡常務室での重警部との話を、順ぐりに思い起こした。

――残るのは、板倉さんしかいませんからね。

そんな重の最後の言葉が、深水の耳によみがえった。

あの資料室の奥のドアから慌てて逃げ出し、非常階段を伝わりおりたのは、板倉一行だったのか、と深水は再び考えた。

そして板倉は、裏庭の通用口から社屋にはいり、五階の資料室に顔を見せていたのだろうか。

そんなことを考えながら、深水がタバコを灰皿にもみ消したとき、四階に通じる階段に、ハイヒールの音が聞こえた。

二時間ほど前までは、外出していたという風間京子だった。

妙に暗い表情をした風間は、深水に軽く会釈して、その前を通り過ぎようとしたが、途中で深水を振り返った。

「さっき、正岡常務室にお茶の水署の警部が見えていたそうですね」

と風間が言った。

「ああ。正岡常務から、そのときの話の内容を聞かなかった?」

「なんにも」

「きみに対する容疑は、きれいに晴れたようだね。屋上のレクリエーションルームの非常口は二日ほど前から故障し、あかなかったんだ。それに、犯行の時間帯のきみのアリバイも証明されたようだしね」

「当然です。犯人は、この私ではないんですから」

「具合でも悪いみたいだね。そんな青い顔をして」

深水が言うと、風間は深水を見入るようにして、一、二歩近づいてきた。

「深水さん。私、とても怖いんです」

風間が言った。

「怖い？」

「今度は……今度は、この私が殺されるのではないかと思って」

「ばかな。そんなことは起こりえない。だって、犯人はきみの……」

きみの愛人だから、と言おうとした言葉を、深水は飲みこんだ。

「秋保温泉の小寺さんのことは、事故死だとばかり思っていました。でも……」

「でも？」

「資料室で神保さんが殺されたとき、小寺さんの死が事故死なんかではないことに、はっきり気づいたんです」

「つまり、事故死ではなく、殺人事件だったと知ったわけだね？」

「まさか、こんなことになるなんて……」

風間は深水の問いには答えようとせずに、

「あの神保さんが悪いんです。神保さんが……」

と言った。

「つまり、トイレの中でのことだね。神保さんがあのとき、きみになにも喋《しゃべ》りかけなかったら、という意味だね？」

「いいえ。そのあとの露天風呂でのことです」

風間は、そう答えた。

「露天風呂？」

「神保さんがあのとき、小寺さんにあんな受け答えをしたのが、いけなかったんです。でなかったら、小寺さんは命を落とすこともなかったのに……」

「あんな受け答え？」

「決心したんです、私。あすにでも、正岡常務の前で、そのことを話すつもりです」

風間は口早に言って、深水に背を向けた。

「あ、風間さん」

深水が、背中に声をかけた。

「そのときに、トイレでの、例の『厄介払い……』云々《うんぬん》の件も、正直に話したほうがいいね」

「厄介払い……」

「正岡常務が病気のために、現職を退くという話さ。正岡常務が閑職に付くことで、重役連中が厄介払いができる、とかの説明だったけど」

「ええ……」

「でもね、あのトイレの中で、神保さんがそんな話を、わざわざ取り上げていたとは、ちょっと考えられないんだがね」

「なぜ？」

「きみも、そんな正岡常務の一件を、神保さんと同様に、ちゃんと知っていたと思うからだ。きみも同じ秘書課だから、重役会での話は、聞こうと思わなくても、耳にはいっていたはずだから」

「それで？」

「だから、『厄介払い……』云々という言葉を、神保さんは、まったく別の意味に使っていたんではないか、と私は考えたんだ」

深水は言った。

「別の意味……」

「そう。きみはあのとき、『厄介払い……』云々の話について、本当の説明をするのに、ためらいを持ったんだ。だから、下請けの営業部員の一件と同様に、とっさの思いつきで、あんな嘘の説明をしていたんだと思うね」

風間は返事をせず、ゆっくりと振り返って、その場を離れた。

風間が深水の考えを全面的に容認していたことは、そんな彼女の対応からしても明白だった。

4

午後七時十五分。

残業をしていた深水が、傍らの席の水野《みずの》照江《てるえ》を誘い、夕食に出かけようとしたとき、机の電話が鳴った。

内線電話で、相手は矢坂雅代だった。

「矢坂さんも残業だったの？」

「ええ」

「早めに切り上げて、一緒に一杯飲《や》らないか？」

「深水さん。それどころじゃないんです」

「どうしたの？」

「風間さんが、大変なことに……」

「え？」

「死んでいるんです、二階で……」

矢坂が口早に言った。

「なんだって――」

深水は受話器を投げ出すように置いて、総務部の部屋を駆け出た。

階段をおりて二階に着くと、エレベーターのわきの女性用トイレの前に、正岡冬江と矢坂が寄り添うようにして立っていた。

「風間さんが、トイレの中で……」

正岡が言って、トイレのドアを指さした。

深水がドアを押しあけ、中にはいると、いちばん奥のボックスのドアが半分ほどあいていて、スカートをはいた脚が突き出ていた。

風間京子は便器を両手で抱きかかえ、顔をそこに埋《うず》めるような格好で、うつぶせに倒れていた。

「私が見つけたんです。トイレを使おうとして、ドアをあけたら……」

深水の背後で、矢坂が震え声で言った。

お茶の水署の係員が二階に到着したのは、その二十分後のことで、その先頭に立っていたのが、重警部と中島刑事の二人だった。

二人はほどなくしてトイレから姿を現わし、重が例の独特な歩き方で、深水と正岡のほうに近づいてきた。

「扼殺《やくさつ》です。死後さして時間は経《た》っていません。それにしても、驚きました。まさか、風間さんが殺されるなんて」

重は低い声で言って、深くため息をついた。

「秋保温泉のときといい、今回といい、よくよく縁があるとみえますなあ、トイレとは」

重の背後で、中島が言った。

# 第六章　犯人を見た女

## 1

九月八日、火曜日。

二十分ほど遅刻した深水文明が、二日酔いの体を思わずふらつかせて人事課の席に着くと、すぐに課員の島田勝広《しまだかつひろ》が声をかけた。

「九時ジャストに、正岡常務から電話がありましたよ」

「そう」

「常務室に、お茶の水署の警部たちが見えているそうです」

いつものことで、深水の赤い眼をのぞきこむようにして、島田が言った。

深水が常務室にはいると、正岡冬江と矢坂雅代がソファに座り、その右端に板倉一行の顔があった。

　中島は深水の遅刻に、とがめだてるような表情を見せたが、重は例の低い声で、深水におだやかに挨拶した。

「ご存知のように、風間京子さんの死は、首許を両手で強く絞められた扼殺《やくさつ》によるものです。犯人はトイレにはいる風間さんのあとを追い、風間さんがボックスのドアをあけた直後に襲いかかったものと思われます。死亡したのは、矢坂さんがトイレを使おうとした、ほんの少し前、午後七時十分ごろと推定されます」

　重が言った。

「風間さんが外出先から秘書課にもどってきたのは、午後の六時ごろでした」

　矢坂が、自分からそんな説明を始めた。

「一時間ほど机で仕事をし、部長会議用の書類のコピーを各部長に届けるため、机を離れたのは、七時ちょっと前のことでした。風間さんはそのまま机にはもどりませんでしたが、まさかトイレの中で殺されていたなんて、思ってもいませんでした」

「私は七時ちょっと過ぎに、三階の踊り場の喫煙所で、風間さんと顔を合わせ、短い話をしていました」

　深水が言った。

「ほう。風間さんとは、どんな話を？」

中島が訊《たず》ねた。

「もちろん、事件の話です」

「ですから、その話の内容は？」

中島が、例によって邪険な口調で言った。

「風間さんに対する容疑が晴れたことを、私が最初に伝えました。彼女は当然だと返事をしていましたが、そのあとで、とても怖い、と言ったんです」

「怖い？」

「今度は、自分が殺されるのではないか、とおびえていたんです。私と別れたすぐあとで、事実そのとおりになってしまいましたが」

「風間さんは、誰のことを恐れていたんですか？」

「それは、わかりません。彼女の愛人が、そんな真似をするはずがない、と私は言いかけようとしたんですが」

「それから？」

「秋保温泉の小寺さんのことは、事故死だとばかり思っていたと。資料室で神保さんが殺されるに及んで、小寺さんの死が事故によるものではないことを、はっきりと知った、とも」

「つまり、小寺さんは殺されたのだと？」

「もちろん、そういう意味がこめられていました」

「それで？」

「小寺さんが殺される羽目になったのは、神保さんが悪いからだ、と。あの露天風呂の中で、神保さんが小寺さんにあんな受け答えをしたのが、いけなかったとも」

「あんな受け答え？」

中島は、あのときの深水と同じ質問をした。

「風間さんは、それには答えませんでした。あすにでも、正岡常務の前で、そのことを話す決心がついた、と返事をしただけで」

「話は、それだけでしたか？」

重が、おだやかに訊ねた。

「ええ」

例の「厄介払い」の一件を付け加えようと思ったが、それを話したところで、神保の本当の話がどんな内容だったのか、見当もつかなかったので、深水は思いなおして口を閉じた。

「風間さんが殺された時間帯に、鹿村さんと津久田さんの二人は、自分のデスクで残業をしていたと証言しています。参考までにお訊ねしますが……」

重が言って、正岡冬江に視線を向けた。

「私はずっと、この常務室にいました。矢坂さんが慌てて駆けこんできて、風間さんのことを知ったんです。最初は、トイレの中で具合でも悪くなって、倒れこんでいるのかと思ったんですが」

と正岡が答えた。

2

「板倉さんは、どこにおられましたか?」

続けて重が訊ねた。

「地階の社員食堂です。のどが乾いたので、ジュースを飲んでいました」

板倉は答え、その細い眼を一瞬光らせるようにした。

「ところで、板倉さん」

板倉を流し目で見ながら、中島が言った。

「秋保温泉でのことをお訊ねしますが、小寺さんの死亡推定時刻——つまり、夜の十時前後にはどこにいましたか?」

「そのことは、仙台署の刑事さんにも証言しておりますが」

「ですが、改めて聞かせてください」

「ホテルの地階のバーに顔を出しました。一人で飲んでいるところへ、鹿村さんと矢坂さんの二人が姿を見せ、小寺さんの一件を聞かされたんです」

　ホテルのときと同じ内容の証言を、板倉はちょっと不快そうな面持ちで繰り返し言った。

「資料室の神保さんの事件のときには、同じ五階の会議室にいたんでしたね?」

「そうです。十一時ごろから」

「神保さんの死体が発見されるまでの間、会議室を離れたことは?」

「前にも言いましたが、昼食をとるために外に出ています。昼食から会議室にもどったのは、一時ちょっと前でしたが、その少しあとに神保さんの事件を知ったんです。廊下に足音が聞こえ、ちょっと騒々しかったので、なんだろうと思って会議室を出たんです。そして、資料室の奥のドアから中をのぞきこんだら、正岡常務が……」

「昼食からもどった足で、資料室をのぞいたようなことは?」

中島が訊ねた。

「刑事さん。この私を疑っているんですね？」

たまりかねたように、板倉が言った。

「この私が、小寺さん、神保さん、それに、風間さんまで殺したとでも思っているんですか？」

「たしかに、あなたを疑っています」

「そんな、ばかな。なにゆえに、この私を。秋保温泉の小寺さんのことは、いまでも自殺だと思っています。それに、私には動機がありませんよ、神保さんと風間さんの二人を殺さねばならないような」

興奮した板倉は、幾度か言いよどみながら、そう反論した。

「動機は、はっきりしています。神保さんがホテルのトイレの中で口にした愛人問題です」

「すると、この私がその愛人だったと？　つまり、私が風間さんと不倫な関係にあったと言われるんですね？」

「考えられなくはありません」

「ばかな、ばかな……」

「トイレの中のそんな神保さんの話を、風間さんから聞かされていたとしたら、あなたが不倫のことを公けにされたくないと願ったとしても、不思議ではありません。あなたのそんな願いが強烈だったとしたら、小寺さんと神保さんの二人を、そのまま野放しにはできなかったと思いますがね」

「私がそんなことをするわけがありません。風間さんとは、なんの関係もなかったこの私が……」

「あなたにトイレの中での神保さんの話を告げた風間さんは、まさかあなたが、その秘密を守ろうとして殺人に手を染めるなんて、思ってもいなかったんです。だから、秋保温泉での小寺さんの死を、事故死だと思い続けていたんです。ところが、資料室で神保さんが殺されるに及んで、風間さんはやっと気づいたんです、小寺さんの死が事故死ではなく、あなたの手にかかった殺人事件だったことに」

「ばかな……」

「そして風間さんは、恐れを抱くようになったんです、自分もあなたの手で殺されるのではないかと。二つの殺人という秘密を握られたあなたは、愛人である風間さんも生かしてはおけなかったんです。つまり、二階のトイレの中で、風間さんの首を絞めて殺したのは、あなたでした」

「そんなことを、私がやるはずがない。三つの事件とも、私はその現場には一歩も足を踏み入れてはいないんだ」

板倉は乱暴な口調で言って、訴えるような面差しを深水に向けた。

「そのアリバイの件ですが、資料室の神保さんの事件のとき、あなたは関係者の中では、いちばん最後に現場に姿を見せていましたね？」

中島が話題を変えた。

「それが、どうしたと？」

「神保さんを殺した犯人が、資料室の奥のドアから逃げ、非常口をあけ、非常階段を伝わって裏庭におりていたことは、最初の死体の発見者の証言からしても、疑いようのない事実です」

中島は言葉を切り、最初の死体の発見者である深水と矢坂雅代を交互に見た。

「そして犯人は、裏庭通用口から社屋にはいり、五階の現場に舞いもどっていたんです」

「それは、この私ではない」

「あなたが現場に姿を見せたのは、常務室から駆けつけた正岡常務のすぐあとからでした。現場の五階の会議室にいながら、なぜそんなに時間がかかったんでしょうかね」

「さっきも言ったが、事件のことはなにも知らなかったからだ」

「いえ、非常階段を伝わりおりていたからです。それ以外には、考えられません」

「違う」

板倉は、叫ぶように言った。

## 3

「ところで、話は変わりますが」

薄い髪に手を当てたまま、重警部が板倉一行に言った。

「秋保温泉のホテルのトイレでの件です。その会話の中に出てくる、例の『厄介払い……』云々《うんぬん》についての、先日の風間さんの説明を憶えておられますか？」

「もちろん、四日前のことですから、忘れるはずがありません」

「風間さんは、こんな説明をしていましたね。正岡常務が健康上の理由から現職を退き、閑職に付くことになり、ほかの重役連中は、厄介払いができて、ほっとしている、と」

「そんな内容の話でしたね」

「ですが、風間さんは、この一件に関しても、嘘の説明をしていたとも思えるんです」

と重が言った。

深水が注意深く重を見守ったのは、もちろん深水と同じ考えを口にしていたからだった。

「嘘の？」

と訊ねたのは、正岡冬江だった。

「すると、この私に関する話題ではなかったと言われるんですか？」

「もちろん、推定でしか言えませんが、その会話の内容は、正岡常務が現職を退く云々のものではなかったような気がするんです」

「なぜ？」

「秘書である風間さんも、神保さんと同様に、そんな話を耳に入れ、知っていたのではないかと想像されるからです」

重はそう言って、秘書の矢坂雅代にそっと視線を送った。

矢坂はなにも答えなかったが、含みのある表情で大きくうなずいて見せた。

「ですから、あのトイレの中で、神保さんが改めてそんな話題をむし返していたとは、ちょっと考えられないんです」

その意見にはまったく同感だった深水は、矢坂を真似《まね》て、黙って大きくうなずいた。

「では、警部さん。いったいなんだったんですか、その厄介払いという話の内容は？」

と正岡が訊ねた。

深水には、重が考えている内容に見当がついていたが、黙って相手のやせた顔を見つめた。

「神保さんの話は、板倉さんの奥さんに関することではなかったかと思います」

重の返事は、深水が想像したとおりのものだった。

「私の妻に？」

板倉が驚き声で、重を見つめた。

「そうです。近日中にブラジルとかに長期に滞在する予定の奥さんのことです」

重に代わって、中島がそう答えた。

「しかし、なぜ妻のことを？」

「説明するまでもないと思いますが。つまり、神保さんは、板倉さんの奥さんが長期に日本を離れることで、厄介払いができる、と風間さんに話したんですよ」

と中島が答えた。

「そんな……」

「さらに説明を加えるならば、奥さんというじゃま者が消えて、板倉さんと風間さんは気がねなく楽しめる、という意味が含まれていたんです」

「ひどすぎる」

板倉はこぶしでテーブルを強く叩《たた》き、椅子から腰を上げた。

「あなたがたは、この私と風間さんを強引に結びつけ、私を犯人に仕立て上げようとしているんだ」

「私は、あくまでも事実を話しているつもりですがね」

中島が、無表情に言った。

「なにが事実なもんか。もうたくさんだ」

板倉は吐き捨てるように言って、大またに常務室から出て行った。

「私には、信じられない」

正岡が誰にともなく言って、疲れたように、椅子の肘《ひじ》かけに寄りかかった。

# 4

午前十一時十分。

人事課の席を離れた深水は、室内でタバコに火をつけ、三階の踊り場の喫煙所に座った。

朝からくもり空だったが、窓外には大粒の雨が音たてて落ちていた。

トマトジュースをたて続けに二本飲みほしたせいか、深水の二日酔いは、いくらか治まりかけていた。

深水は窓外の雨脚をぼんやりと眺めながら、先刻の正岡常務室での話を回想した。

そして最後に、板倉一行の浅黒い貧相な顔を、改めて眼の前に思い浮かべた。

中島刑事は尊大な、そして自信に満ちた態度で、板倉を犯人として追及したが、板倉はかたくなに否認し続けていたのだ。

あの非常階段を伝わりおりた人物――つまり、資料室で神保由加を殴殺した犯人は、やはり板倉だったのだろうか、と深水は改めて考えた。

あの事件の最初の発見者は、深水と矢坂雅代、それに津久田健の三人だった。

深水たちが資料室の前に立ったとき、犯人はまだ部屋の中にいたのだから、深水はもとより、矢坂と津久田の二人ももちろん、犯人でありえるわけがない。

秘書の風間京子は、屋上のレクリエーションルームで卓球の試合を観ていた。

鹿村安次はそのとき、第三会議室で仕事をしていて、深水たちが死体を目にした、ほんの少しあとに、トイレに立とうとして、現場に足を向け、事件を知った。

常務の正岡冬江はそのとき、二階の常務室にいて、資料室からかけた矢坂の電話で事件を知り、五階に駆けつけてきた。

したがって、非常階段を伝わりおり、現場に姿を見せた人物は、鹿村でもなく、また正岡冬江でもなかったのだ。

となると、残る人物は、やはり板倉一行である。

板倉はあのとき、正岡が駆けつけた少しあとに資料室の奥のドアの前に現われ、肩で息をするような、荒い呼吸をしながら、死体を見つめていたのだ。

それは非常階段を慌てて走りおり、急いで現場に舞いもどったためだったのだろうか、と深水は思った。

深水は二本目のタバコに火をつけ、雨の窓外を眺めながら、そんな板倉のことを考え続けた。

そのときだった。

深水はこれまで半ば忘れかけていたことを、ふと思い出したのである。

――雨。

あの神保の事件のときも、今日と同じように大粒の雨が降っていたのだ。

深水は、あのときのことをはっきりと記憶によみがえらせた。

資料室にいる神保を訪ねようとして、深水が三階の部屋を出たとき、窓外が急に暗くなり、いきなり大粒の雨が横なぐりに降ってきたのだ。

それは局所的なにわか雨だったようで、深水が神保の死体を眼にし、非常口の扉をあけたときには、ほとんどやみかけ、天空に淡い青空がのぞいていた。

だが、神保が殺され、犯人が非常階段を走りおりた時間帯には、雨は大粒のまま降り続いていたはずなのだ。

だとしたら、非常階段を走りおりた人物の衣服は、雨で濡《ぬ》れていたことになる。

深水は、資料室に顔をのぞかせたときの、板倉一行の衣服を思い起こした。

板倉はあのとき、新調したばかりと思われるブルーのスーツを着ていたはずで、その明るい色調の上衣《うわぎ》が、資料室の電灯で照りはえていたことを、深水は憶えていた。

そのスーツには、雨滴で濡れたような所は、どこにも見当らなかったはずである。

――非常階段を走りおりたのは、板倉一行ではない。

このとき、深水はそう確信した。

つまり、神保を殺した犯人の逃亡先は、非常階段ではなかった、という結論が導き出せるのだ。

となると犯人は資料室のドアをあけ、廊下に逃げ出したとしか考えられなかったが、その考えは、深水を昏迷《こんめい》に追いやった。

犯人が逃げ出したと思われるドアは、ただひとつ――あいたままになった奥のドアだけだった。

犯人がそのドアから出て、廊下を駆けて行ったとしたら、その姿はたちまちのうちに、矢坂雅代の眼に止まったはずである。

矢坂はあのとき、正面のドアからすぐに倉庫側のドアにまわり、そのドアも旋錠されていたために、今度は奥のドアの方に足を運んでいたからである。

深水は気を静めるようにして、あの場合、この自分が犯人だったとしたら、どんな行動をとっていたろうか、と考えてみた。

正面のドアの廊下に靴音を聞きつけ、急いでそのドアを旋錠する。

そして、迷わずに、すぐ身近かにあった倉庫側のドアから外に出て、東側の階段に通じる真っすぐな廊下を駆け抜けて行った、と深水は思った。

だが、その倉庫側のドアは内側からしっかりと旋錠されていて、その事実は、最初に矢坂雅代が、そのすぐあとで、深水と津久田健の二人が確認していたのだ。

そうなると、犯人が資料室を飛び出したのは、奥のドアという結論になるが、そんな犯人の姿が矢坂の眼に止まらないはずがないのだ。

——おかしい。矢坂の視線にはいらずに、犯人が廊下を駆け抜けて行ける道理がないのだ。

深水はそう思い、矢坂のあのときの行動を順を追って思い起こした。

深水と津久田と一緒に、正面のドアの前に立った矢坂は、すぐに廊下を左に曲がり、倉庫側のドアに向かった。

そのドアも旋錠されていたために、矢坂はまた廊下を左に折れて、奥のドアに向かい、そしてあいたままのドアから資料室の中に声をかけ、資料棚の足許にあお向けに倒れている神保を眼に入れたのだ。

——待てよ。

神保のそんな死体を眼に浮かべているとき、深水の頭にかすめるものがあった。

「奥のドアから中に声をかけた私は、思わず小さく声を上げていました。神保さんが長い髪を血まみれにして……」

矢坂が重警部に向かって、そう証言していたことを、深水はこのとき思い出したのだ。

――矢坂雅代は、ドアから逃げ出す犯人の姿を、はっきりと眼に入れていたのだ。

そう結論づけた深水は、矢坂の美しいふくよかな顔を、複雑な思いで追いかけた。

「深水さん。深水さん……」

そのとき、喫煙所の傍《そば》に女性の声が聞こえた。

「さっきから呼んでいたんです。下請け会社から電話が」

課員の水野照江で、彼女がそこに立っていたことを、深水はまるで気づかなかったのだ。

## 5

午後六時二十分。

深水がお茶の水の駅前の喫茶店で二十分近く待っていると、帰り支度をした矢坂雅代が駆けこむようにして姿を見せた。

「ごめんなさい。遅れてしまって」

矢坂が詫びて、コーヒーを注文した。

「いや、なに。できれば、アルコールにしたかったんだが」

「いえ。今夜は用事があるので、早くに帰りたいんです」

「酔いどれ文さんとは、付き合いたくないという意味かね？」

「そんな。それより、話というのは、もちろん事件のことですね？」

「ああ。本当は、そんな色気のない話は抜きにして、矢坂さんとは付き合いたかったんだが」

「なにか、新しいことでもわかったんですか？」

矢坂は訊ねて、さり気なく腕時計に視線を落とした。

「まあね。その前に、事件についてのきみの意見を拝聴したいと思ってね」

「意見だなんて。私は深水さんとは違って、名探偵ではありませんから」

「ご謙遜を。頭が切れるってことは、正岡常務からも聞き及んでいるよ」

お世辞ではなく、矢坂雅代が頭の回転の早い女性であることを、深水は今度の事件を通じて充分に知り得ていたのだ。

「犯人が誰なのかは、はっきりとはわかりません。でも、いまの時点では、お茶の水署の見解は――つまり、板倉さんに対する容疑は、そう簡単には晴れそうにないと思いますけど」

と矢坂が答えた。

「同感だね。亡くなった風間さんの愛人が、板倉さんではなかったという証明ができれば、話は別だが」

「ホテルのトイレの中での会話の件で、風間さんは、正岡常務の閑職云々の説明をしていましたが、あれは重警部の指摘どおりに、風間さんの作り話だったと思います」

「最初から、私も思っていた。『厄介払い……』云々の件を訊ねられて、風間さんはとっさにあんな説明をしていたんだ。でも、その場の思いつきにしては、なかなか筋が通っていたよ」

「正岡常務のその一件は、私も聞くとはなしに重役会での話を耳にして、以前から知っていました」

「だろうと思った」

「でも、そうなると、『厄介払い……』云々の件は、やはり重警部の言うように、板倉さんの奥さんが絡んだ話としか考えられなくなりますわ」

「いいや。私はそうは思わない」

深水が言った。

「板倉さんや奥さんとは、なんの関係もない話だったと思うね」

「なぜ?」

「簡単さ。私には、板倉さんが犯人だったとは考えられないからだ」

「でも、深水さん」

矢坂は口許に運びかけたコーヒーを宙に止め、上目使いに深水を見た。

「五階から非常階段を伝わって裏庭におりたのは、板倉さん以外には考えられないと、中島刑事も話していましたわ」

「きみに話したかったのは、そのことなんだ。ひょんなことから、そんな考えが誤まりだと気づいたんだ」

「誤まり?」

「そう。私はね、そんな固定観念に振りまわされていたってわけさ」

「板倉さんでないとしたら、誰が非常階段を?」

澄んだ眼を丸くして、矢坂が訊ねた。

「誰もいない」

「え?」

「つまり、犯人は非常階段には、一歩も足を向けてはいなかったんだ。あのとき資料室にいた犯人は、ごく単純な方法で資料室から逃げ出していたんだ」

「では、どこから？」

矢坂は丸い眼をそのままにして、小声になって訊ねた。

「もちろん、ドアからさ。床や天井をはがして逃げ出したわけじゃない」

「ドアから？」

「そう。危険を承知のうえで、そんな行動に踏み切っていたとは思うけど」

「でも、でも、深水さん」

矢坂は赤い唇に、つくったような小さな笑みを刻み、

「ドアから逃げたとしたら、この私がしっかりと眼にしていたはずです。私はあのとき、深水さんと津久田さんのそばをすぐに離れ、倉庫側のドアに向かって行ったんですから」

と言った。

「ああ。犯人がその倉庫側のドアから廊下に飛び出てきたとしたら、当然のことながら、きみが見逃がすはずがない」

「ええ。でも、猫の子一匹見かけませんでした。そして、その倉庫側のドアには、内

側からカギがかかっていたんです」

「そのカギのことは、私も確認した」

「そして私は、今度は奥のドアに慌てて向かいかけたんですが、そのときも廊下には、まったく人かげは見当りませんでしたわ」

「そのとき、奥のドアは、あいたままになっていたんだね？」

と深水が訊ねた。

「ええ。幾度となく証言しているように」

「そして、きみはそのドアから中に声をかけ、資料棚の足許にあお向けに倒れている神保さんを眼にし、小さく声を上げた」

「そうです」

二日酔いの癒《い》えた深水は、のどの渇きに耐えられず、ビールを注文した。

「じつはね、矢坂さん。犯人が非常口から逃亡したと私が錯覚してしまったのは、あのとき、資料室の奥のドアがあいたままになっていた、というきみの話を真《ま》に受けてしまったからなんだ」

深水は言って、ビールを口に運んだ。

「どういうことかしら？」

「つまりだ。奥のドアはそのとき、ちゃんと閉じられていた、ということさ」

「そんな。奥のドアがあいたままになっていたことは、深水さんや津久田さんが、あのとき実際に見て、知っているはずですわ」

「そう。私と津久田さんが見たときには、そのドアはあいていた」

「だったら……」

「しかしだ。それは、矢坂さん。きみが自分でやったことだったんだ」

深水は言って、

「それも、廊下からあけたのではなく、資料室の中からあけたものだったのさ」

と付け加えた。

「資料室の中から……なんで、なんで私がそんなことを？」

深水の視線を避け、テーブルの一点を見入るようにして、矢坂は言った。

「矢坂さん。きみはあのとき、ドアから廊下に飛び出してきた犯人の姿を、はっきりと見ていたんだよ」

と深水は言った。

「私が、犯人の姿を？」

「倉庫側のドアから飛び出し、きみのいた廊下の前を走り、それを右に曲がって行った犯人の姿をね」

「そんな……」

「きみはそのあと、その倉庫側ドアから資料室にはいり、そのドアの近くに頭をこちら向きにして、あお向けに倒れている神保さんを眼にした。そして、私と津久田さんの二人が、そのドアに近づく寸前に、きみはそのドアにカギをかけたんだ」

「そんなことは、やっていません」

「そのあと、きみは奥のドアに駆け寄り、そこから廊下に出た。そして、私と津久田さんの二人が近づくのを待ち、あけたままのドアから顔をのぞかせ、驚き顔をつくって見せたんだ」

「違います。私はそのときはじめて、神保さんがあお向けに倒れているのを眼にしたんです」

　矢坂が言った。

## 6

「しかしね、矢坂さん」

深水は、グラスのビールを一気に飲みほした。

「奥のドアから中をのぞき、そのときに神保さんの死体を発見していたとしたら、重警部に向かって、あんなうかつな証言はしなかったと思うがね」

「うかつな？」

「きみはあのとき、たしかこう話していたと思うね。『ドアから中に声をかけた私は、思わず小さく声を上げていました。神保さんが長い髪を血まみれにして……』、とか」

「ええ。たしかに」

「しかしね、矢坂さん。あのとき神保さんは、たしかにあお向けに倒れていたけど、あの奥のドアからは、彼女の胸から上は資料棚のかげになって見えなかったんだよ」

深水は言った。

「それなのに、きみは、神保さんが長い髪を血まみれにして、と正確に説明していた。それはつまり、その前に倉庫側のドアから資料室にはいったときに、神保さんの死体を眼にしていたからなんだ」

「違います」

「そのとき、神保さんは頭を倉庫側のドアの方に向け、髪を血まみれにして死んでいた。きみはうっかり、そのときのことを口にしていたんだ。それも、二度にわたって」

「私はあのとき、資料室にははいりませんでした。何度も言うように、あの倉庫側のドアには、カギがかかっていましたから」

「いまも話したように、そのドアのカギを内側からかけたのは、きみ自身だ」

「なぜ、この私がそんなことを？」

矢坂が訊ねた。

「もちろん、そのドアから逃げ出した犯人をかばおうと思ったからさ」

深水が答えた。

「かばう？」

「きみは、頭の回転の早い女性だ。倉庫側のドアのカギを内側からかけることによって、犯人が非常口から逃げ出したと思わせようとしたんだ」

「でも、なぜそう思わせようと？」

「犯人が東側の階段の方向に逃げて行った事実を、隠すためにさ。東側の階段の方向には、第三と第四の二つの会議室があったことは、改めて説明するまでもないことだが」

「では、私がその会議室にいた誰かを、かばおうとしたと？」

「としか考えられないね」

「私が犯人をかばおうとしたなんて……」

「きみが見た犯人について、話してほしいんだ」

「言えません。いえ、見てもいないものは言えないという意味です」

「その人物は、板倉さんかね？」

「違います……」

「違う、というのは、板倉さん以外の人物、と解釈できるね。すると、鹿村さんだったんだね？」

「知りません」

「矢坂さん。きみが小寺さん、神保さん、それに風間さんの三人の女性社員を殺した犯人だったなんて、思ってはいない。けど、きみは事件の裏側のなにかに気づいているはずだ」

「知りません、なんにも」

「だったら、どうして、あんな細工までして、神保さん殺しの犯人をかばったりしたのかね？」

「そんなことは、していません」

「どうだろうね、矢坂さん」

テーブルの伝票をつまみ上げながら、深水が言った。

「場所を代えて、軽く一杯やりながら、話の続きにはいるというのは」

「お断わりします。最初にも言いましたが、用事がありますので」

矢坂雅代はこわばった表情で断わり、そのままドアの外に姿を消した。

# 第七章　過去の関係

## 1

九月九日、水曜日。

深水文明は外線電話を切ったあと、喫煙所に足早に歩を運び、タバコをゆっくりとくゆらせた。

「文さん」

喫いだめをしておこうと思い、深水が二本目のタバコをつまみ上げたとき、左手の廊下に、太い男の声が聞こえた。

分厚い書類を小脇にかかえた、津久田健だった。

「やあ、津久田さん。さきほどデスクに電話したんです。昼めしでも一緒にと思いまして」

「きのう、重警部たちと正岡常務室で話をしたそうだね。あらましは、常務から聞いたよ」

「そうですか。そのことも含めて、津久田さんに話したいことがあるんです」

「ぜひ聞かせてくれ。いま第一会議室で仕事をしているんだが、都合のいいときに顔を出してくれないか」

津久田は一方的に言って、大またに階段を昇って行った。

## 2

午前十一時近くに、深水が五階の第一会議室にはいると、津久田健は書類を一面にひろげたテーブルで、悠然とタバコを喫っていた。

「驚いたよ、風間さんが殺されたと知ったときは。死体を眼にしたとき、具合でも悪くなって倒れたのかと思ったんだが」

津久田は言って、茶わんにお茶を注《つ》ぎ、深水に差し出した。

「手で絞め殺されたんです。風間さんは、殺される十分ほど前に、三階の喫煙所で私と話をしていたんです。私もびっくりしました、まさか彼女が、あんな場所で殺されていたなんて」

喫煙所での風間京子のことを、深水は断片的に思い出した。

「風間さんはそのとき、文さんにどんな話を？」

津久田が訊《たず》ねた。

深水は重警部たちの前で語った事柄を、津久田の前で簡略に繰り返した。

「風間さんは、おびえていたんだね。今度は自分が殺されるのではないかと」

津久田が、そんな確認をした。

「ええ。私はそのときは、彼女の愛人がそんなことをするはずがない、と言いかけようとしたんです」

「風間さんは、小寺康子さんの死を、事故死だとばかり思っていた。だが、資料室で神保さんが殺され、康子さんの死が事故死なんかではない、と知った。つまり、殺されたんだと」

「ええ。そのために、風間さんはおびえていたんです、彼女の愛人に自分も殺されるのではないかと思って」

「神保さんが殺される羽目になったのは、彼女自身のせいだ、と風間さんは文さんに話していたんだね？」

「ええ。あの露天風呂の中で、神保さんが小寺さんに、あんな受け答えをしたのが、いけなかったとか。あんな受け答えをしなかったら、命を落とすこともなかったのにと」

深水がその一件を繰り返すと、津久田は浅黒い顔を横にかしげた。

「あんな受け答え……神保さんはいったい、康子さんにどんなことを？」

「風間さんは、それには答えてくれませんでした」

あんなこと、という話の内容については、もちろん深水の理解は及ばなかったのだ。

「そして風間さんは、あすにでも、正岡常務の前で、そのことを話す決心がついたと言ったんです」

「警部や文さんにではなく、正岡常務の前で話す、と彼女は言ったんだね？」

「ええ。ですが、それは実現には至りませんでした」

「正岡常務の話だと、警部たちは、板倉君が風間さんの愛人だと――つまり一連の事件の犯人だと考え、かなり厳しく追及しているということだが」

「それは事実です。板倉さんは、強硬に否認していましたが」

「しかし、文さん。私にはちょっと意外だったね、板倉君が風間さんとそんな関係にあったなんて」

津久田は乱暴にお茶を注ぎ入れると、

「例の『厄介払い……』云々は、板倉君の奥さんに関することだとか、警部は説明していたそうだが、あの板倉君がそのことのために、康子さんを殺し、神保さんや風間さんまで手にかけていたなんて」

と言った。

「板倉さんは、少なくとも、資料室の神保さんを殺した犯人ではありませんよ」

と深水が言った。

「しかし、板倉君はあのとき、非常階段を使って逃げたとか。そして社屋にはいり、あの資料室に舞いもどっていたとか」

「じつは、そのことをお話ししたかったんです。板倉さんは、非常階段などには一歩も足を運んではいませんでした。それに、犯人が逃げたのは、あの非常階段からではなかったんです」

「なぜ、そうだと？」

当然のことながら、津久田は不審顔で説明を求めた。

深水は昨日考えついたことを、詳細にわかりやすく津久田に語った。

「板倉さんは証言どおり、神保さんが殺された時間帯には、五階の第四会議室にいたんです」

最後に、深水はそう繰り返した。

「なるほど。あのとき、正岡常務のあとから、資料室にのっそりと顔を見せた板倉君のことは、私も憶えている。彼にしては珍しく、真新しいスーツを着こんでいたんで、なんとなく注意が向いたんだけど、そのスーツは雨には濡《ぬ》れていなかったはずだよ。濡れていれば、すぐに気づいたと思うから」

と津久田が言った。

「ですから、犯人が逃亡したのは、資料室が別のドアからだったんです。ドアから廊下に出て、東側の階段の方に駆け抜けて行ったとしか考えられません」

「しかし、文さん」

思ったとおり、津久田は得心のいかない顔を横にかしげた。

「私と文さんとで確認したことだが、あの正面のドアと、倉庫側のドアにはカギがかけられていたよ。その事実は、奥のドアから資料室にはいったときも、文さんもちゃんと確認していたはずだが」

「そのとおりです」

「すると、犯人が逃げたのは、やはり奥のドアからということになるね」

「だとしたら、矢坂さんが、そんな犯人の姿をはっきりと眼にとめていたはずです」

「だったら、犯人は私たちや矢坂さんの眼にとまらずに、どうやってあの資料室のドアから……」

「倉庫側のドアからです。あのドアから逃げ出して、廊下を右に曲がり、東側の階段の方へ駆けて行ったんです」

「でも、あのときは、そのドアには矢坂さんが……」

「ですから、矢坂さんは、その犯人の姿を見ていたんです。姿を見ていながら、そのことには固く口を閉ざしていたんです」

「矢坂さんが……」

津久田の浅黒いひきしまった顔に、驚きがひろがった。

「犯人の逃げて行く姿を見送った矢坂さんは、そのドアから資料室にはいり、あお向けに倒れている神保さんの死体を眼にしたんです。そして彼女は、私がそのドアをあけようとした寸前に、内側からカギをかけ、急いで奥のドアから廊下に出たんです。そしてあけたままのドアから中をのぞきこみ、そのときにはじめて死体を発見したかのように、巧みに装ったんです」

昨日、矢坂雅代に向けたそんな説明を、深水は再び繰り返した。

「しかし、矢坂さんは、いったいなんでそんなことを?」

「もちろん、その人物の犯行を隠ぺいするためにです。彼女は、犯人をかばっていたんです」

「かばう?」

「このことを、昨日矢坂さんに話しました。彼女は頭から否定していましたが、この事実はくつがえせません」

「すると、文さん」

津久田は大きな眼を宙に置きながら、

「資料室から逃げ出した犯人は、鹿村さんだったということになるね」

とゆっくりと言った。

「としか考えられません。鹿村さんは資料室を飛び出したあと、仕事をしていた第三会議室にもどり、そしてその少しのあとで、資料室の奥のドアに近づき、非常口をのぞいている私の背中に声をかけたんだと思います」

「矢坂さんは、その犯人が誰だったかは、もちろん、文さんには喋《しゃべ》らなかったんだね?」

「ええ」

深水はそのときの矢坂雅代とのやりとりを、改めて思い起こした。

「私が、その犯人は板倉さんか、と訊ねますと、矢坂さんは、違いますと答えたんです。そのニュアンスは、板倉さんとは別の人物、と私には受けとれました」

「なるほど」

津久田は、緊張した顔をうなずかせた。

「するとだ。風間さんの愛人は、鹿村さんだったという結論になるね」

「ええ。板倉さんでないとしたら、鹿村さんしか残りませんから」

「鹿村さんだったのか、康子さんを崖から突き落として殺したのは……」

「ですが、ひとつだけ、ひっかかることがあるんです」

先日の重警部の話を思い出しながら、深水が言った。

「なにが？」

「鹿村さんが風間さんと愛人関係にあり、その事実を、ホテルのトイレの中で神保さんが喋ったとしても、鹿村さんは痛くも痒《かゆ》くもなく、そのことを別に秘密にする必要はなかったのではないか、と思うんです」

深水は答えて、

「鹿村さんのほうに、そんな関係をどうしても隠しておきたい、なにか特別な事情があるのなら、話は別ですが」

と、あのときの重の言葉を、そのまま付け加えて言った。

## 3

「特別な事情……」

短い沈黙のあとで、津久田健がつぶやくように言って、顔を上げた。

「文さん。先日一緒に飲んだときのことだが、この私の女性体験の件に触れたことがあったっけね」

「ええ。たしか、小寺さんのほかには、ただ一度だけ、そんな体験を持ったとか、津久田さんは答えていましたが」

あのときの話を思い出したものの、こんなときに、津久田健はいったいどういうつもりで、そんな話を持ち出してきたのだろうか、と深水はいぶかった。

「ああ。もう四年も前のことになるが、その相手というのは、じつはね、文さん。うちの会社の女性だったんだ」

「ほう」

別に驚くほどの話ではなかったが、津久田の顔は異様に緊張していた。

「彼女がご主人を病気で亡くして、四、五年たったときのことだったが、私は彼女が好きだった。だが、結婚には至らなかったんだ」

と津久田が言った。

「ご主人を病気で……」

津久田のそんな話に、このとき深水は、にわかに興味を抱いた。

主人を病気で亡くした女性社員というのは、深水の知るかぎりでは、社内には一人しかいなかったからだ。

それは、常務の正岡冬江だった。

「津久田さん。まさか、常務の……」

「そのまさかだ。常務の正岡冬江さんだ、私が好きになった女性は。当時は、営業部の部長で、この私の直接の上司だったがね」

津久田が言った。

「まさか、津久田さんと常務が……」

深水は思わず、うなるように言った。

津久田と小寺康子の関係を知らされたとき、深水はそんな二人の組み合わせを意外に思ったものだったが、いまの話はそれ以上の衝撃を与えた。

無骨で生真面目な、まるで面白味のない、この津久田という男のどこに、あの正岡冬江は魅《ひ》かれたのだろうか、と深水は心の中で首をかしげた。

「驚いたようだね？」

津久田が言った。

「そりゃ、当然です。でも、津久田さん。こんなときに、またなんで、そんな話を私に？」

深水は訊ねた。

「もちろん、事件と関係があると思ったからだ」

「でも、どんな関係が？」

「そうは思いたくなかったが、私は彼女に振られたんだ。彼女にはあの当時、この私のほかに、付き合っていた男がいたんだ。私とは違って、彼女好みの男がね」

「ほかに、男が……」

「そのことを話したかったんだ」

「誰ですか？」

「鹿村安次。営業部の鹿村次長だ」

津久田は、そう答えた。

「鹿村さんが……」

深水は驚いたが、独り身の正岡冬江が鹿村と特別な付き合いをしていたとしても、うなずけなくはなかった。

津久田のいまの言葉どおり、鹿村は洗練された都会的な二枚目で、正岡冬江好みの男と思われるからだ。

「彼はその当時、奥さんを病気で亡くし、やもめ暮らしをしていたがね」

「知りませんでしたよ、少しも」

「社内の女性通の文さんにしては、珍しいね」

「すると、津久田さん」

深水が訊ねた。

「正岡常務は鹿村さんに魅かれ、そんな二人の関係は、現在でも続いていると言われるんですか？」

「もちろん、鹿村次長に確認したわけではないが、そう思うね、私は。その二人のことは、秘書課の連中も、うすうす気づいているようだがね」

と津久田は答えた。

「津久田さん。そうだとすると……」

深水はそう言いかけて、タバコに火をつけた。

「その二人の関係が、現在でも続いているとすると、状況はがらりと変わったものになりますね。鹿村さんには、さっき話した『特別な事情』なるものが生じることになりますから」

「そうだ。鹿村次長の社内でのポストだよ。彼のこれまでのとんとん拍手の出世は、正岡常務の陰の力によるもの、というもっぱらの噂だったから」

「それに、十一月の恒例の人事異動では、鹿村さんは総務部長に昇進するという噂も流れています。もちろん、正岡常務の強力なバックアップがあってのことでしょうけどね」

「トイレでの神保さんの話を――つまり、風間さんとの特別な関係を偶然に知った、という神保さんの話を、正岡常務の耳にだけは入れたくない、と鹿村さんが必死に願ったのは、しごく当然ですよ」

深水が言った。

「うん。それは、そうだ」

津久田は少しの間、考えこむようにしていたが、

「例の『厄介払い……』の一件も、それなりに説明ができるよ。正岡常務は十一月の人事異動のあと——つまり、鹿村次長が総務部長のポストに納まったあと、現職を退く。つまり、鹿村次長にとって、正岡常務はもう役に立たない用済みな人物ということになるから」

と言った。

「ええ」

例の「厄介払い……」云々の一件は、そう解釈するのが、いちばん理にかなっているのではないか、と深水も思った。

「鹿村次長だったんだ、秋保温泉で小寺康子さんを殺したのは。彼は愛人の風間さんから、トイレでの神保さんの話が康子さんの耳にはいったことを知らされ、康子さんがすぐにでも、そのことを正岡常務に伝えはしないかと心配になったんだ」

その眼に怒りをこめるようにして、津久田は言った。

「そして彼は、私と文さんが資料室を訪ねる直前に、元凶である神保さんの口を永久に封じてしまったんだ。神保さんが殺された事実を知った風間さんは、秋保温泉での康子さんの死が、事故死ではなく、殺人事件だったことにはっきりと気づき、おびえ

たんだ、彼の手にかかって自分も殺されるのではないかと」

「ええ。すべてを正岡常務に話そうと決心した風間さんも、同じように口を封じられてしまいました」

「彼は、風間さんがすぐにでも誰かに話すのではないかと恐れ、焦っていたと思えるね。だから、小寺康子さんのときとは違って、場所を選ぼうとはせずに、あんな二階のトイレの中で殺してしまったんだよ」

と津久田が言った。

「まだすっきりと説明のつかない点も残されていますが、これまでのことを、重警部に話してみます」

「いいや。それはまだ、あとでいいよ」

津久田は太い首を横に振って、

「私にとって、かけがえのない康子さんを殺した鹿村次長と、直接に会って話をしたいんだ。資料室の一件は、私の口から正岡常務には伝えておくよ。もちろん、鹿村次長との一件は、しばらくは伏せておくがね」

と言った。

鹿村安次を津久田が追及したところで、素直にすべてを認めるはずはない、と深水は思った。

「だったら、今夜にでも。あすは、また仙台支社に出張する予定ですので」

深水が立ち上がったとき、人事課のデスクに連絡してください、という深水あての社内放送が聞こえてきた。

## 4

午後七時十九分。

深水と津久田健の二人は、会社の前からタクシーを拾い、神田の駅前の小料理店に向かった。

鹿村安次が指定した落ち会う場所は、いかにも彼好みの、小綺麗《こぎれい》に飾った高級そうな活魚専門の店だった。

深水たちが座敷に案内されると、いちばん奥の中庭の見渡せるテーブルで、鹿村がうまそうに生ビールを飲んでいた。

「お待たせしたようですね」

津久田が言った。

「見えないのかと思った。もっとも、そのほうが、私には好都合だが。いまさら、改めて事件の話をするなんて、時間の無駄だからね」

鹿村は無表情に、そっけない口調で言った。

「なぜです?」

「すでに、犯人がわかっているからだ。夕刻にまた、お茶の水署の、あの小生意気な刑事が、板倉君を訪ねてきたようだったから」

「思い違いされているようですね。板倉君は、犯人ではありませんよ」

「秘書の矢坂さんの一件だね」

鹿村は言って、深水を横目で見た。

「矢坂さんが、資料室のドアから逃げ出す犯人の姿を見たとかいう深水君の話は、正岡常務から簡単に聞かせてもらったよ。それにしても、じつに突拍子もない推理だね」

「事実です。理由はわかりませんが、矢坂さんはそのことに口を閉ざし、犯人をかばっているんです」

と津久田が言った。

「しかしだよ」

鹿村はビールの泡の付いた口ひげを、丹念にいじりながら、

「矢坂さんが見たとかいう、その人物が、どうして神保さんを殺した犯人だったと断定できるのかね？」

と深水に訊ねた。

そんな鹿村の愚問に、深水は思わず苦笑した。

「鹿村さん。私たち——つまり、私と津久田さん、それに矢坂さんの三人が、会議室側の正面のドアの前に立ったとき、犯人はまだ、資料室の中にとどまっていたんです。矢坂さんが倉庫側のドアの方に歩みかけたときに、資料室のテーブルの傍らの電話台が倒れる音が、ドア越しにはっきりと耳にはいったんです。電話台を倒したのは、死体の位置からしても、神保さんだったとは考えられません。犯人がその場を離れ、倉庫側のドアに走りかけたときに、その体の一部が電話台に触れ、倒れたものです」

深水が、ことさらにそんな説明をした。

「答えにはなっていないね。『酔いどれ探偵』ともあろう者が」

鹿村は意地悪い表情をつくって、

「だから、その電話台を倒した人物が、どうして犯人だったのか、と私は訊ねているんだ」

と言った。

「私たちが重警部の前で証言したことを、鹿村さんは記憶されていないようですね」

深水はそんなやりとりに、いささか腹だたしさを憶えながら、

「神保さんが、正面のドアにわざわざカギをかけて、資料室で仕事をしていたとは考えられません。あの正面のドアにカギがかけられたのは、私や津久田さんが、あのドアの前に立った直後のことだったんです。犯人でない人物が、そんな真似《まね》をするわけがありません。私たちを資料室にいれないために――つまり、自分の姿を見られないために、犯人が急いでやったことだったんです」

と重ねて説明した。

「とりあえずは、そういうことにしておこう」

鹿村は自分だけ生ビールのお代わりと、料理を注文したあとで、

「すると、矢坂さんが見たという、倉庫側のドアから逃げ出した人物は、この私か、あるいは正岡常務ということになるのかね?」

と深水に言った。

「正岡常務は、除外できます」

代わって、津久田が太い声で答えた。

「常務はそのとき、常務室にいたからです。それに、常務は今回の一連の事件には、まったく無関係です」

「なぜ？」

「説明するまでもありません。秋保温泉の小寺康子さんの事件のとき、常務は仙台市のホテルに泊まっていたからです。それよりなにより、常務には康子さんを殺さねばならないような、動機がありませんよ」

「すると、残るのは、この私ということか」

平然たる口調で、鹿村は言った。

「ホテルのトイレの中で、神保さんが風間さんに喋った内容は、いまでははっきりしています」

「ほう。どんな？」

「風間さんとあなたの愛人関係のことですよ、もちろん」

「風間さんの相手は、板倉君ではなく、今度はこの私だったと、見解を変えたわけだね？」

「そうです。トイレを使っていた小寺康子さんは、そのことを耳にしたために、神保さんと風間さんのあとを追いかけて行ったんです。そして、その一件を露天風呂の中で、二人に確認したんです」

「小寺さんはしかし、なぜそんな他人の異性関係を、わざわざ確認する必要があったのかね？　彼女は、そんな好奇心の旺盛な女性には見えなかったがね」

「そのことは、あとで説明します」

津久田は運ばれたビールには、まったく手をつけずに、話を続けた。

「風間さんは、トイレでの神保さんの話と、露天風呂での康子さんの一件を、あなたに話したんです。あなたの胸に、恐ろしい殺意がめばえたのは、そのときだったはずです」

「この私が、小寺さんを殺したとでも？」

鹿村は悠然とかまえ、なにか楽しんでいるような口調で言った。

「そう、あなたでした。康子さんを日本庭園のベンチに呼び出し、崖から突き落として殺したのは」

津久田が言った。

## 5

「かりに、かりに私が風間さんとそんな関係にあったとしてもだ。そして、そのことを神保さんが知っていたとしてもだ、私はそんな関係を、胸に殺意とかを抱いてまで、隠そうとは思わないね。風間さんは独身、そしてこの私は、やもめの身だから」

と鹿村安次が言った。

「そうくると思っていました。ですがね、鹿村さん。あなたと風間さんとの間に、もう一人の人物が介在していたとしたら、そんなにのほほんとはしていられなかったはずですよ」

津久田健が言った。

「もう一人の人物……」

「正岡常務との一件を、私がなにも知らないとでも思っているんですか?」

「ああ、常務のこと」

鹿村はまったく無表情に言って、眼鏡の縁にそっと指を触れた。

「以前のことは、津久田君の前では否定してもはじまらないね。たしかに私は、正岡常務に対して、特別な感情を抱いていた、誰かさんと同様にね。しかし、振られたんだよ、私は。これまた、誰かさんと同じに」

「私には、そうは思えませんね」

「と言うと?」

「再婚という形をとらないまでも、二人は夫婦の生活を続けていたと思いたいですね」

「思い過ぎだね、きみの」

「神保さんは、あなたと正岡常務の秘めた関係に気づいていたんです。『厄介払い……』という言葉の意味は、言わずともわかっているはずですが」

「いいや、なんのことだか」

「康子さんが、あなたと風間さんの関係を、露天風呂の中で神保さんに確認したのは、もちろん単なる好奇心からではなかったんですよ」

「では、なんのために?」

「その神保さんの話の中に、正岡常務の一件も含まれていたがためにです。つまり、あなたと常務が特別な関係にあったこと、そして風間さんとねんごろになったあなたが、近い将来に、常務を厄介払いしようとしていることに、常務を慕い、尊敬していた康子さんは、強い反発を持ったんです」

津久田はのどをうるおすようにして、このときはじめて、ビールを軽く口に含んだ。

「康子さんが神保さんたちを追いかけて行ったのは、トイレで耳にした正岡常務の話が、本当かどうなのか確認するためだったと思います。その康子さんに対して、神保さんは否定はせずに、それどころか必要以上に、その事実を強調して話していたんだと思います」

深水は、ふと思いついたことを口に出した。

「風間さんは、殺される少し前に、三階の喫煙所で私と会ったとき、こんなことを言っていました。露天風呂の中で、神保さんが小寺さんに、あんな受け答えをしたのが、いけなかったのだと。あんな受け答えをしなかったら、小寺さんは命を落とすことにはならなかったのにと」

「ほう。そんなことを」

「それは、鹿村さん。露天風呂の中で、神保さんがトイレの中での話を、はっきりと否定していれば、という意味だったんですよ」

深水は言った。

「否定ねえ」

鹿村は口ひげを弄《もてあそ》びながら、深水と津久田を等分に眺めた。

「鹿村さん。繰り返しますが、矢坂さんが見た資料室の倉庫側のドアから逃げ出して行った犯人は、あなたでした」

と津久田が言った。

「さあ、どうかね」

鹿村は生ビールの残りを飲みほすと、わざとらしく腕時計を見て、

「矢坂さんは、そんな犯人の姿は見ていないと返事をしているそうだね。見ていない犯人の姿を、聞き出そうとしても、それは無理な話だね」

と言った。

「それは、あなたのことをかばっているからですよ。その理由は、わかりませんがね」

「それも、違うね」

「犯人は、矢坂さんに大きな秘密を握られた。ですが、鹿村さん。彼女の口をも封じようなんて考えないことですね。それは、墓穴を掘るのと、同じことですから」

「事件は、もう終わったんだ」

鹿村はゆっくりと腰を上げながら、

「そう。事件は終わったんだ。もう、誰も殺されることはないんだ」

と言った。

# 第八章　病いの真実

## 1

九月十日、木曜日。

仙台支社での仕事を夕刻に終え、仙台駅に着いた深水文明は、帰りの新幹線の時刻を確認した。

十数分後に発車する「やまびこ」があったが、空腹だった深水は、構内の飲食店にはいり、ビールと郷土料理を注文した。

たまには温泉でのんびりしようかな、と深水が思ったのは、店の壁にはられた地元の温泉のポスターを幾度となく眼にしたときだった。

そう思ったとき、深水の頭に、事件のあった秋保温泉の「ホテル秋保荘」の広大な日本庭園が浮かんだ。

今夜はあのホテルに泊まり、翌朝の早い新幹線で会社にもどろう、と深水はとっさに意を決めた。

飲食店を出た深水は、市営バスの方に歩みかけたが、思いなおして、タクシー乗り場の列に並んだ。

タクシーが市街地を走り出したとき、常務の正岡冬江と一緒にタクシーで秋保温泉に向かった、先月の二十九日の早朝のことを、深水はふと思った。

ホテルから姿を消したという小寺康子が、まさか死体で発見されるとは思ってもいなかった深水だけに、その衝撃は大きかった。

深水はその死を事故死ではないかと思ったが、正岡は事故死も自殺も考えられないと言い、殺人事件だと主張したのだ。

そして正岡は、またもや「会社の探偵」、「酔いどれ探偵」の出番だと言ったが、事実その言葉どおり、二人の秘書が社内で次々に殺され、深水は事件に首をつっこむことになったのである。

市街地を抜けたタクシーは、先日と同じように東北自動車道ぞいの道を走り、仙台南のインターを右に曲がった。

先日は早朝のことだったので、秋保温泉郷まで三十分ほどで行けたが、今回は道路の渋滞があり、ホテルのある小高い丘陵が見えるまでには、四、五十分もの時間がかかった。

丘陵の狭い急勾配の道を登りきると、照明の灯《とも》った三万坪の日本庭園が眼の前にひろがった。

照明灯のすぐ足許にある、池のほとりの木造りのベンチを眼にしたとき、そこに一人で座って池を眺めていたという小寺康子のことを、深水は思った。

小寺が転落死した岩場には黒々と夜のとばりが覆っていたが、しぶきを上げて流れ落ちる人工滝は照明に明るく浮かび上がって見えた。

ホテルの玄関わきには、かなりの数の歓迎の立て札が並んでいたが、部屋数を誇る大ホテルだけに、空室はあった。

深水の部屋は、日本庭園を一望にできる七階で、木立の背後に温泉街の無数の灯《あか》りが輝いていた。

深水はすぐに浴衣に着替え、手拭いを下げて、四階の大浴場に向かった。

広々とした浴槽の奥に、露天風呂に通じるガラスドアがあった。

大浴場で軽く汗を流した深水は、露天風呂をのぞいてみようと思い、ガラスドアを押しあけたが、そこには左右に曲がりくねった長い石段が続いていた。

すべすべした石段をおりきると、すぐ前方に、自然石で囲まれた広い湯舟があった。

あちこちの露天風呂につかった深水だったが、この贅《ぜい》をつくした岩場のたたずまいには、思わず眼を見はった。

奥の木立の傍らに入母屋《いりもや》風の建物があり、湯舟の四隅にかがり火が明々と灯されていたのだ。

かがり火の灯りで四囲の樹木がライトアップされ、その雰囲気はいかにも幻想的だった。

湯舟に身を沈めた深水は、かがり火を眺めながら、あの夜の女性露天風呂でのことを思った。

神保由加と風間京子が露天風呂にはいっているところへ、小寺康子が姿を見せ、トイレでの話を二人に確認したのだ。

神保たちがそれに答えると、小寺はひどく驚いた顔になり、そのまま黙りこみ、すぐに湯舟から上がってしまったのだ。

深水はそんな三人の会話の内容を、改めて整理しながら、露天風呂を出た。

## 2

地階の大食堂で夕食を済ませた深水は、もう一度露天風呂にはいり、その足で一階に並んでいる飲食店をのぞいた。

腰を据えて飲み直したいと思ったのだが、バーやクラブは、団体客と思われる若い男女に独占されていた。

仕方なしに、深水はフロントの奥にある喫茶室にはいり、カウンターに腰をおろした。

小寺康子の事件で、仙台署の肥った刑事から事情聴取を受けたときの部屋が、この木造りの喫茶室だった。

店内はがらんとし、深水のほかは、奥に座った初老の夫婦づれの客だけで、二人の店員は所在なさそうにして客席に座っていた。

深水はカウンターにいた中年の女性にビールを注文したが、その女性と視線を合わせたとき、すぐ相手を思い出した。

小寺の事件のときに、深水と正岡冬江の二人にお茶を出してくれた、あの細面《ほそおもて》の顔の、品のいい女性だったのだ。

相手はもちろん、あのときの深水のことなど見憶えているはずがないと思ったが、ビールを手にした彼女は、あら、と小さく言って、深水を改めて見た。

「先日、この喫茶室でお会いしていますね」

深水が言葉をかけた。

「ええ。憶えていますわ。たしか、中年の女性とお二人で、あとからタクシーでお見えになったかたですわね？」

口許にえくぼをつくりながら、従業員は言った。

「そうです」

人眼につきやすく、そして見憶えられやすい容貌の持主であることを、深水はこのとき、改めて実感した。

「今日は、お一人で？」

「ええ。仙台に出張した帰りなんです。なんとなく、このホテルに足が向いてしまいましてね」

「先日の女性のかたも、ほんとに気の毒なことをしましたわねえ、まだお若いのに」

「ええ。でも、事件はそれだけでは済まなかったんです」

「知っています。会社の女性秘書が、次々と殺されてしまったとか」

「ええ。その二人の秘書は、あの日このホテルに泊まったメンバーでした」

「あのお客さんたちのことは、まだ憶えています」

従業員は、ビールを深水のグラスに注《つ》ぎ入れながら、

「このホテルに着かれるとすぐに、みなさんで、この喫茶室でコーヒーやジュースを飲まれたんです」

と言った。

「そうですか」

「亡くなった女性のかたは、記憶にありませんが、髪を長く伸ばした、やせた女性のお客さんは、コーヒー好きとみえ、そのあとも二度ばかり、ここに見えられていました」

その女性とは神保由加で、彼女がコーヒー好きだったことは、深水も知っていた。

「それに、そのお客さんとは、露天風呂でも一緒になりました」

「露天風呂で?」

「ええ。別に話を交わしたわけではありませんが」

「それは、何時ごろのことですか?」

深水が思わず訊ねたのは、もしかしたら、そのとき風間京子と小寺康子も一緒に湯舟につかっていたのではないか、と思ったからである。

「この店のパート勤めが終わってすぐのことでしたから、夜の九時過ぎのことでした」

と従業員は答えた。

それは、神保たち四人の女性が、宴会を切り上げて部屋にもどっていた時間帯だったはずである。

「露天風呂にはそのとき、髪を長く伸ばした女性のほかに、仲間が誰かいませんでしたか？」

「おりました。私が湯舟につかっているときに、そのお客さんが石段をおりてきたんですが、お連れの女性と一緒でした。眼のぱっちりとした、きれいなかたでしたが」

眼のぱっちりとした美人――風間京子のことだった。

「お二人ともアルコールで頬を赤くしていましたが、髪の長いお客さんは、かなり酔っていたようでした。高い声で笑いながら、ふらつくようにして石段をおりてきましたから」

「そのとき、もう一人の仲間の女性も、露天風呂にはいってきたと思いますが」

「ええ。はいってくる姿は見かけませんでしたが、湯舟の中で、二人に話しかけていたのを憶えています」

と従業員は言った。

この従業員は、やはり、神保、風間、小寺の三人の女性と一緒に露天風呂に居合わせていたのだ。

「その彼女が、あの夜に亡くなった小寺康子さんという女性だったんです」

「そうでしたか。顔のきりっとした、神経のこまやかそうな女性でしたけど」

小寺康子の容貌の特徴を、従業員は的確に表現した。

「そのとき、三人の話し声は耳にはいりましたか?」

深水が訊ねた。

「ごく断片的にですが、聞くとはなしに耳にはいってきました」

「どんな話でした?」

「あとからはいってきた、顔のきりっとした女性が、二人に訊ねていました、なにか異性関係のようなことを」

「具体的に、名前を上げていませんでしたか?」

「さあ。髪の長い女性が、酔っていたからでしょうか、からかうような口調で、笑いながら答えていました」

「髪の長い女性は、なんと返事をしていましたか？」

「そのとおりだ、とか。間違いない、とか。傍らの、眼のぱっちりした美人の女性は、そのときはあまり喋らなかったように思います」

と従業員が答えた。

小寺康子はそのとき、鹿村安次と風間京子の関係、それと正岡冬江の一件を確認し、それに返事をしていたのは、やはり神保だったのだ。

「耳にはいったのは、それだけですか？」

新しいビールを注文したあとで、深水は再び訊ねた。

「ええ。そんなところです」

従業員は、気品のある細面の顔をかしげるようにしていたが、

「あとは、ごく断片的な言葉だけです。常務とか、癌とか……」

と言った。

「癌？」

深水は、思わず聞き耳を立てた。

「ええ。癌、という言葉は、二、三度はっきりと耳にしました。髪の長い女性が、繰

り返し言っていたようでしたが」

「癌……」

「会社の常務か誰かが、癌で入院でもしているのではないか、と私はそのとき思ったりしましたが」

従業員は、そう言った。

——会社の常務。癌。

正岡冬江の病気は、じつは癌だったのか、と深水は思い、慄然《りつぜん》とした。

充分に考えられることだが、これまでに一度もそんな疑いを抱かなかった深水には、それはショックなニュースだった。

——正岡冬江は、癌と診断され、その事実を神保由加が知っていたのだ。

深水は、そう結論づけた。

そう考えることによって、例の「厄介払い……」という言葉の意味が、より正確なものに塗り変えられることになるのだ。

「厄介払い」は、正岡が現職を退き、閑職に付くという意味合いのものではなかったのだ。

癌と診断された正岡が、近い将来に必ずや死を迎える——つまり、正岡が死ぬことによって、鹿村安次が労せずして、彼女と手が切れ、風間京子と大っぴらに関係が続けられる、という意味だったのだ。

それに、小寺が神保と風間を追いかけた理由も、これでより鮮明なものになったのである。

小寺のあのときの最大の関心事は、鹿村と風間の特別な関係などではなく、尊敬する正岡常務が癌に冒《おか》されているという一事にあったのだ。

小寺がトイレからわざわざ二人を追いかけたのは、正岡に関するそんなショッキングなニュースを、二人の口からさらに確認するため以外の何物でもなかったのだ。

「きりっとした顔の女性は、最後には、茫然としたような表情になり、すぐに露天風呂を出ると、石段を駆け上がって……」

そんな従業員の説明を、深水はどこか遠くに聞いていた。

3

部屋にもどった深水は、冷蔵庫からウイスキーの小瓶を取り出し、お湯割りにして飲んだ。

そして深水は、事件のこれまでのことを、改めてゆっくりと整理した。

ウイスキーをあらかた空にした深水は、正岡冬江の病気の一件を、津久田健に知らせておこうと思い、床の間の電話に這《は》い寄って行った。

時刻は、十一時二十分だった。

「ああ、文さんか」

すぐに受話器を取り上げた津久田は、驚くような高い声を上げた。

「こんな夜分に、すみません」

深水の意識はそれなりにしっかりしていたが、その言葉には酔いが伝わっていた。

「いま、いまどこに?」

妙に早口に、津久田が訊ねた。

「秋保温泉です。仙台出張の帰りに、ふと立ち寄ったんですが」

「文さん。きみのアパートにも、幾度か電話したんだ」

「なにか、急用でも?」

「一時間ほど前に、お茶の水署の若い係員から連絡があってね」

「お茶の水署の?」

「事件だ。また事件が起こったんだ」

と津久田が言った。

「事件……すると、津久田さん。まさか、彼女が……」

深水の眼の前を、一瞬、矢坂雅代の姿がかすめ過ぎた。

「いや。鹿村さんだ。鹿村さんが、殺されたんだよ」

津久田は、そう言った。

「鹿村さんが……」

「自宅のマンションのすぐ近くの草むらで、死体で発見されたそうだ。背中をナイフで突き刺されて……」

「信じられない。まさか、鹿村さんが……」

――事件は、もう終わったんだ。もう、誰も殺されることはないんだ。

別れぎわに残した、そんな鹿村安次の言葉が、遠くに聞こえていた。

明日早くに会社にもどることを津久田に伝え、深水は静かに受話器を置いた。

# 第九章　二人の標的

## 1

九月十一日、金曜日。

仙台から「やまびこ30号」に乗車した深水文明は、迎え酒の缶ビールを飲みながら、鹿村安次の昨夜の事件を考え続けた。

上野駅におりた深水は、駅前からタクシーに乗り、お茶の水の会社に直行した。

深水が会社の玄関をはいると、警備員が背後から呼び止め、お茶の水署の警部が三十分ほど前から正岡常務室に見えている、と告げた。

深水がその足で二階に駆けつけると、正岡常務室のテーブルには、重警部と津久田健の二人が向かいあって座っていた。

「常務は？」

　空席の正岡冬江の机を見ながら、深水が津久田に訊《たず》ねた。

「一日休暇をとるとか、秘書課に連絡があったそうだ。急に体調が悪くなったとかで」

　津久田が答えたとき、ドアがノックされ、矢坂雅代がお茶を手にして姿を見せた。

　矢坂はお茶を三人の前に置くと、そのまま端の椅子に腰をおろした。

「秋保温泉に泊まっておられたとか」

　重が、低いおだやかな声で言った。

「ええ。津久田さんから話を聞いたときは、さすがに驚きました。まさか、鹿村さんが殺されていたなんて、思ってもいませんでした」

　深水は言って、うつ向きかげんの矢坂の顔を見た。

　昨夜の津久田の電話のとき、被害者は矢坂雅代だとばかり、深水は思いこんだのである。

「いま、津久田さんにも話し始めたんですが、鹿村安次さんの死体が、練馬区南大泉にある自宅のマンション近くの草むらで発見されたのは、昨夜の十時過ぎのことでした。死因は刺殺で、鋭利なナイフかなにかで背後からひと突きにされたもので、その傷は心臓に達していましたから、即死と思われます。殺されたのは、昨夜の十時前後と推定されます」

重が説明した。

「鹿村さんは昨夜、八時半ごろまで残業をしていたそうで、会社を出たあとは、どこにも立ち寄らずに、家路に向かっていたものと思われます。現場の状況から見て、犯人はこっそりと鹿村さんの背後に近寄り、いきなり背中にナイフを突き刺し、死に至らしめたものと思われます。財布や鞄などが、そのままになっていましたので、物盗《ものと》り目当ての犯行とは考えられません」

「もちろんです。物盗りの犯行であるわけがありません」

と深水が言った。

「深水さんが推理された内容は、さきほど津久田さんからお聞きしました。そのとおりだと思います、板倉一行さんは犯人ではありませんでした」

重はさらに小さな声で言って、例によって薄い髪をいたわるように、そっとかき上げた。

「私が秋保温泉の先日のホテルに泊まったのは、別に事件のことをなにか調べようとしたからではありません。ふと気が向いての旅でしたが、あのホテルで耳にした事柄は、かなりショッキングなものでした」

深水が言って、ホテルの喫茶室の中年の女性の従業員の話を、三人の前で繰り返した。

「癌……」

津久田がつぶやき、そのまま口許を半びらきにした。

矢坂はなにも言葉を発しなかったが、その張りつめたような表情からして、心中の驚きは見てとれた。

「やはり、そうでしたか。私は時おり、正岡常務の病気は、もしかしたら癌ではないかと思っていたんです」

重は、そんな感想を洩らした。

「すると、小寺康子さんがあのとき、神保さんたちを慌てて追いかけたのは、そのことを——正岡常務の癌のことを、さらにはっきりと確認したかったからなんだね」

津久田が言った。

深水は黙ってうなずき、矢坂雅代に視線を当てた。

「ところで、矢坂さん。きみが自分から、この常務室に腰を据えたのは、もちろん、ちゃんとした理由があったからだと思うけど」

「ええ……」

「じゃ、資料室でのことを、正直に話してもらおうか。もっとも、いまとなっては、おおかたの察しはついているがね」

「誰だったんだね、資料室のドアから逃げ出して行った人物は？」

津久田が、太い声で促した。

「常務です。正岡常務でした」

と矢坂は答えた。

「正岡常務が……」

矢坂の返事は察しがついていたらしく、津久田は別に表情を変えることはなかった。

「あのときの資料室でのことを、詳しく話してください」

重が言った。

「あのときのことは、いまでも信じられない気持ちです。深水さんと津久田さんのそばを離れ、私が一人で倉庫側のドアに近づいて行ったときです。いきなりドアが外側にあいて、女性が飛び出してきたんです。私は一瞬、中で仕事をしていた神保さんかと思いましたが、その女性は正岡常務だったんです。私は思わず、常務に声をかけようとしたんです。ですが、常務は私にはまったく気づかずに、私に背中を見せたまま、小走りにその場を離れ、廊下を右に曲がって姿を消してしまったんです。私は理解できないまま、あいたドアから中にはいったんです。そしたら……」

「そのドアの近くに、神保さんが髪を血まみれにして倒れていたんですね？」

重が確認した。

「ええ。ひと目見たとき、神保さんが頭を殴られて殺されたことがわかりました。そして、その犯人が正岡常務だったことも。そして次の瞬間、私はその倉庫側のドアを急いで施錠していたんです。そして、奥のドアをあけ、廊下に出て、深水さんと津久田さんが近づいてくるのを待ったんです」

「でも、矢坂さん。なぜそんなことを？」

「その場のとっさの思いつきでした。犯人が非常口をあけ、非常階段を使って逃げたと思わせたかったんです。そうなれば、社屋にいた正岡常務には、疑いが及ばないと思ったからです」

「なるほど。でも、常務をなにゆえにかばおうとしたんですか？」

「そのときは、なぜ神保さんが殺されたのかは、理解できませんでした。でも、私は日ごろから尊敬し、好いていた常務を、犯人にしたくはなかったんです。私があんな細工《さいく》をしたのは、ただそれだけの理由からでした」

矢坂は、そう答えた。

「なるほど。そのときは、常務の動機が理解できなかったんですね?」

「ええ。常務の動機がわかりかけたのは、風間さんが殺されたときでした」

「どうわかりかけたんですか?」

「私はそれとなく気づいていたんです、常務と鹿村さんの関係を。だから、常務の動機は、風間さんに対する——つまり、鹿村さんといい仲になった風間さんに対する復讐だと思ったんです。そのために、まず神保さんの口を封じてしまったのだと」

「なるほど」

重は、やせた顔を三たびうなずかせた。

「私は常務をかばったものの、自分のやったことを恐ろしく思うようになったんです。でも、深水さんに追及されても、いまさら常務を犯人だとは言えなかったんです」

矢坂は涙の流れ落ちる顔をそのままにして、

「だから、私は願ったんです。鹿村さんに容疑が向けられ、逮捕されることを。でも、その鹿村さんも殺されてしまいました」

と言った。

「正岡常務だったんですね、この一連の事件の真犯人は」

重が低い声で言って、短くため息をついた。

「しかし、考えられない。常務が、小寺康子さんを崖から突き落としたなんて……」

津久田がさらになにか言いかけようとしたとき、常務室のドアが忙《せわ》しくノックされた。

顔をのぞかせたのは、秘書課長の江口れい子だった。

「正岡常務の代理の人から、いま連絡がはいりました。常務が自宅で倒れ、行きつけの病院に運びこまれたそうです」

江口が言った。

椅子から立ち上がった矢坂は、江口を突き飛ばすようにして、足早に常務室を出て行った。

2

九月十六日、水曜日。

いつもの時刻の私電に乗り遅れた深水文明は、社員食堂でトマトジュースをぐい飲みにして、人事課のデスクに駆けこんだ。

「あ、深水さん」

課員の島田勝広が、待っていたように声をかけた。

「たったいま、病院にいる秘書課の矢坂さんから電話がありました」

「なにか?」

深水は一瞬、正岡冬江の容態が急変したのではないかと思った。

「常務が、深水さんと話したいと言っているそうです。都合のいいときに、病室を訪ねてほしいとか」

と島田が言った。

「そう。すると、だいぶ容態は落着いてきたんだね」

「やっと、事件は終わりを告げたんですね。今回も深水さんのお手柄だったとか」

島田は例によって、そのいかつい長い顔を近寄せ、深水の赤い眼をのぞきこむようにして言った。

「いや」

「しかし、人事課の課長代理としては、頭の痛いところですね」

「なにが?」

「早急に欠員を補充しなければならないでしょう。次々と社員が殺されてしまったんですから」

「まあ、そうだ」

「来年は、大幅に新入社員を増やさないといけませんね。なにせ、よく事件の起こる会社ですから」

島田は、真顔でそんなことを言った。

## 3

午後一時十五分。

外出先で仕事を終えた深水は、立ち食いそばで腹ごしらえをし、正岡冬江の入院している新橋の大学病院に足を向けた。

正岡の病室は三階にあり、陽当りのいい角部屋の個室になっていた。

深水がドアを軽くノックして病室にはいると、正岡は顔をこちら向きにして、窓ぎわのベッドに体を横たえていた。

「ああ。深水さん……」

正岡は、課長とは言わずに、深水をさんづけで呼んだ。

「おかげんは、いかがですか？」

「今日はいくらかいいようね。だから、深水さんと話をしたいと思って」

正岡は低い声でそう言いながら、上半身をゆっくりと起き上がらせた。

深水が正岡を眼の前にするのは、一週間ぶりだったが、その頰はさらに肉がそげ落ち、眼許が薄黒くくぼんで見えた。

病魔が急速に正岡の体をむしばんでいることは、青白らんだ生気のない顔を一瞥《いちべつ》しただけで、深水にも見てとれるのだ。

「私の本当の病気のことは、もちろん知っているのね？」

と正岡が言った。

「でも、まだそうと決まったわけでは」

「私にはわかっていたのよ、六月に入院したときから。医師からも、告知してもらったわ。肝臓癌よ」

「そうでしたか」

「いままでは、なんとか気力だけで生きてきた。でも、いまはもうだめ。石が坂道を転がり落ちるように、私の体は死に向かっているんだわ」

「そんな弱気なことを。常務らしくもない」

深水は言ったが、それがまったくの気休めであることは、よくわかっていた。

「一昨日、お茶の水署の重警部が顔を見せたわ」

「警部は、なにか？」

「私の容態がすぐれなかったこともあって、言葉をにごすようにしていた。でも、そんな警部のようすから、私にはすぐにわかったわ」

「なにがです？」

「一連の事件が、やっと解決したこと。つまり、この私の犯行が、すべて明るみにさらけ出されたってことが」

と正岡は言った。

「常務。私は思ってもいませんでした、常務が事件に関わっていたなんて」

「さすがの酔いどれ探偵も、見抜けなかったというわけね」

正岡は土気色《つちけ》の唇に、小さな笑みを刻んだ。

「とても信じられない思いです」

「その思いは、この私も同じ。深水さんと一緒したあの仙台出張が、こんな結果を招くなんて、思ってもみなかった」

「あの夜、秋保温泉の小寺康子さんから、ホテルの常務あてに電話があったと思いますが。私が仙台の駅前のスナックで、飲んだくれている時間帯に」

深水は確認した。

「あったわ、九時半ごろに」

正岡は即座に答え、

「深水さんは憶えているかしら。神保由加さんの事件の調べのとき、重警部は私にいきなりこんな質問をしたわ。『その夜、秋保温泉にいた小寺さんから、ホテルに電話がはいりませんでしたか』、と」

と言った。

「よく憶えています。常務は、否定していましたが」

「あのときは、思わずぎくっとしてしまって。警部は、すべてを見通しているんではないかと怖くなったけど、それはまったくの思いすごしだった」

「小寺さんが電話をかけてきたのは、ホテルのトイレでの神保さんと風間さんの話を、常務に伝えるためだったんですね？」

「そう。小寺さんは不運だったのよ。わざわざ私に、あんな電話をかけてきたりしなかったら」

正岡が答えた。

「あのとき、小寺さんは興奮した口調で喋っていたわ、トイレで耳に入れた話を。つまり、鹿村と風間さんが愛人関係にあること。私と鹿村の以前からの関係。そして私の病気が、じつは癌で、私が死ぬことによって、厄介払いができることを」

「そんな鹿村さんたちの秘密な関係は、小寺さんにとっては、どうでもいいことだったと思います。小寺さんは、常務の本当の病気を知ってショックを受けたんです」

「かも知れない。私は彼女の電話を聞きながら、体が震えるほどの憎しみと怒りを憶えたわ。許せなかった」

「鹿村さんと風間さんとのことは、そのときはじめて知ったんですか？」

「そう。鹿村のことは、信じていた。だから、私の病気が癌であることを彼に話したんだわ。それなのに、彼はそのことを風間さんに告げ、私が死ぬことを期待していたなんて。私は、どうしても許せなかった。この命の絶える前に、二人に復讐しようと思った」

　正岡が言った。

「その復讐のために、小寺さんの存在がじゃまになった、ということですか？」

「あのときの私の精神は、正常ではなかった。小寺さんには、二人だけで会って、もっと詳しい話を聞きたいと告げ、駅前からタクシーで秋保温泉に向かったんだわ。小寺さんは、私が指定したとおり、ホテルの人気《ひとけ》のない日本庭園のベンチに座って、私を待っていた。私は彼女を人工滝の岩場に誘い、そして崖から突き落としたのよ」

と正岡が答えた。

「常務の秘書である神保さんの一件も、同じ理由からですか？」

「もちろん。ホテルのトイレでの会話のことで追及されていた神保さんが、すべてを明らかにすることは、もはや時間の問題だった。そうさせたくなかった私は、あの日、深水さんたちの先まわりをして、五階の資料室にはいった。そして、背後からスパナで頭を打ちすえて殺したんだわ」

「私と津久田さん、矢坂さんの三人が、正面のドアの前に立ったのは、その直後のことだったんですね？」

「そう。廊下の靴音とかすかな人声を耳にした私は、とっさにその正面のドアにカギをかけた。そして、その場を離れようとしたとき、テーブルのわきの電話台を倒してしまったけど。私は急いで倉庫側のドアから廊下に出て、二階の常務室にこっそりと舞いもどっていたわ。その少しあとに、矢坂さんが電話で、資料室の事件を知らせてくれた」

「その矢坂さんだったんです、倉庫側のドアから逃げ出す常務の姿を眼にとめ、そのドアを内側から施錠したのは。そして矢坂さんは、奥のドアから廊下に出て、犯人が非常口から逃げたように装ったんです、常務の犯行を隠そうとして」

「まったく驚いたわ、その一件では。私が知らせを受けて資料室に駆けつけたとき、倉庫側のドアにもカギがかかっていると津久田課長に告げられ、思わず耳を疑ったわ。でも、事情聴取のときの矢坂さんの証言を聞き、そんな細工をしたのは矢坂さんだったと、すぐに気づいたけど」

「矢坂さんは、常務をかばおうとしたんです。常務を犯人にはしたくなかったんです。彼女は、こうも話していました、常務の動機がわかりかけたのは、風間さんが殺されたときだったと。矢坂さんは、常務と鹿村さんの関係に、それとなく気づいていたんです。だから、動機は復讐だと——鹿村さんといい仲になった風間さんへの復讐だと思ったんですよ」

「いかにも矢坂さんらしいわ、そんな私をかばおうとしたなんて」

正岡は眼許をうるませるようにしたが、

「私は矢坂さんのことを承知のうえで、目的どおり、風間さんの息の根を止めてやった。彼女は私のそんな殺意には、なにも気づかなかったはずよ。小寺さんと神保さんを殺したのは鹿村で、自分も殺されはしないかとおびえていたんだから。二階のトイレにはいる彼女を眼にとめた私は、あとを追って、ボックスのドアをあけようとした彼女に、背後から襲いかかり、首を絞めあげて殺したわ」

と言った。

「その風間さんは殺されるほんの少し前に、三階の喫煙所で私と話を交わしていたんです。あすにでも、ホテルのトイレの中での一件を、正岡常務にすべて話す決心がついた、と言っていましたが」

「そんな決断は、遅かったようね。神保さんと同じに、私の方が先手を打ったってわけ」

正岡が言った。

4

「鹿村安次さんとは、亡くなる前日に、津久田さんと一緒に酒を飲みました。私はそのときまで、一連の事件の犯人は、鹿村さんだと思いこんでいたんです」

深水が言った。

「深水さん。疲れたんで、横になるわ」

正岡冬江は、ちょっと気《け》だるそうに体をベッドにあお向けにして、

「鹿村はそのとき、どんな話を？」

と訊ねた。

「すべてを否定していました。そして、逆に私に質問をしたりして」

「どんな？」

「矢坂さんが見たとかいう、資料室から逃げ出した人物が、どうして神保さんを殺した犯人と断定できるのか、と言っていました。私は、矢坂さんが眼にした人物は、鹿村さんだと思っていたんですが」

「ほかには？」

「小寺さんのことです。彼女はなぜ、そんな他人の異性関係を、わざわざ露天風呂の中で神保さんたちに確認する必要があったのかと」

「そう」

「鹿村さんは、常務の犯行だということに、気づいていなかったと思うんです」

深水が言った。

「なぜ？」

「あの別れぎわに、鹿村さんはこう言ったんです。『事件は、もう終わったんだ。も

う、誰も殺されることはないんだ』、と。常務が犯人だと考えていたとしたら、そんな言葉は出てこなかったと思うんですが」

「この私ではないとしたら、彼はいったい誰を犯人だと考えていたのかしら？」

「さあ」

「いい気なもんね。事件は終わった、もう誰も殺されないなんて口にするなんて」

正岡は天井を見つめるようにして、

「彼には、ちゃんとわかっていたはずよ。犯人が誰かを。そして、犯人の動機をも。でも、彼はたかをくくっていた、この私がまさか彼の命までは狙わないだろうと」

と言った。

「かも知れませんね」

「私は最後に、鹿村を殺した。自宅のマンションにもどる彼を、近くの草むらで待ち伏せして、うしろからいきなりナイフを突き刺したわ」

「常務。こんな話はなんですが、鹿村さんを背後からナイフで突き刺すようなことはせずに、自殺に見せかけて殺していたとしたら、私は常務には、なんの疑いも抱かなかったと思いますよ」

実感をこめて、深水が言った。

「自殺に見せかける必要なんて、まったくなかったわ。鹿村を殺したら、すぐに自首するつもりだったんだから」

「自首……」

「でも、翌日の朝、急に容態が悪くなって、それは実現しなかったけど」

「これまでの話を、私が代わって、重警部に伝えておきます」

と深水が言った。

「そうしてちょうだい」

「それにしても、常務。残念でなりません」

「なにが？」

「もちろん、こんな事態を招いてしまったことがです」

「仕方ないわ。深水さんには、めんどうをかけてしまったけど」

正岡冬江は力なく言って、深水を見上げた。

涙のあふれる正岡の顔を、深水はじっと見つめ、黙ってベッドの前を離れた。

# 5

九月十七日、木曜日。

いつものことだが、深水文明は二日酔いの不快感に耐えながら、朝の通勤電車のつり革にぶら下がっていた。

頭痛と胸のむかつきは、なんとか凌《しの》げたが、時おり襲う、下腹部のさしこむような痛みには、まったく閉口した。

ビールの飲み過ぎによる、下痢だった。

トイレのことを頭に浮かべると、またぞろ下腹部がうずき出すので、深水は別の事柄に考えを移行させた。

病室での正岡冬江の話を、深水は昨夜に続いて頭に思い起こした。

正岡が真犯人であり、その動機が、鹿村安次と風間京子の二人に対する復讐だったことは、疑いをさしはさむ余地はなかった。

——だが、しかし。

深水は昨夜からのちょっとした疑問を、ここで改めて追いかけた。

それは、正岡冬江はなぜ、四人もの人間を殺したのだろうか、という疑問だった。そのうちの鹿村と風間は、復讐の標的そのものだったのだから、殺して当り前だとしても、小寺康子と神保由加の二人まで殺す必要はあったのだろうか、と深水は思ったのである。

もちろん、二人を殺さなければならなかった、それなりの理由は存在した。病室で正岡自身が語ったように、小寺と神保は、鹿村と風間の二人が特別な関係を結び、正岡を裏切っていた事実を知っていたことが、その理由だった。

つまり、正岡は自分の動機を隠さんがために——言い変えるならば、自分の犯行が暴《あば》かれないために、その二人の口を封じたのだ。

しかしながら、正岡には、犯行を隠ぺいするような必要があったのだろうか、と深水は首をかしげたのである。

正岡の病気は肝臓癌であり、自分の口からも話していたように、石が坂道を転がり落ちるように、その体は死の淵に向かっていたのだ。

だとすれば、いまさら殺人を隠ぺいをしようとしたところで——つまり、その罪をのがれようとしたところで、さして意味はなかったのではなかろうか。

それに、正岡はあの病室で、最後にこう言っていたのだ。

「鹿村の死を自殺に見せかける必要なんて、まったくなかったわ。鹿村を殺したら、すぐに自首するつもりだったんだから」

その言葉はつまり、殺人を隠ぺいしようなどとは、最初から考えていなかった、としか解釈できないのである。

にもかかわらず、正岡は標的以外の二人の人間をも、多大の労苦を払ってまで、死に至らしめていたのだ。

――わからない。

深水は窓外を眺めながら、首を左右に振った。

正岡が小寺と神保の二人を殺したのは、口封じとは別の目的があったから、としか深水には理解できなかった。

お茶の水で電車をおりて、大通りを歩きかけたとき、また下腹部に痛みがさしこみ、深水は思わず駆け出していた。

## 6

午前十時八分。

三階の喫煙所にのんびりと座っていた深水が、慌ててタバコをもみ消し、腰を上げたのは、朝からの下痢のためにほかならなかった。

会社のトイレに駆けこむのは、これが三度目で、深水は用を足しながら、もう酒はやめよう、としみじみ思った。

そんなむなしい反省をしつつ、深水が衣服を直していたとき、トイレのドアがあいて、二人の男が前後してはいってきた。

二人は小用を足しながら、言葉をかけ合っていたが、その声は経理課の潮《うしお》課長で、もう一人は人事課の島田勝広だった。

秋保温泉での小寺康子のことに、深水がふと思いを移したのは、二人の会話を耳にはさんだときである。

小寺もあのとき、トイレのボックスにはいっていて、鏡の前の神保由加と風間京子の話を耳に入れていたのだ。

「どこに移ったにしても、彼は出世できるタイプの男じゃないですねえ。仕事は、からっきしですから」

そんな島田の声が聞こえた。

「でも、フカミさんは、やさしい思いやりのある人だと思うがね」

その声は、潮課長だった。

この私のことを話題にしているな、と一瞬思った深水は、ドアの把手を握ったまま、思わず身を固くした。

「あのとおりの飲んべえで、おまけに女好きですからね。女に愛想づかしを食うのも、無理はないですよ」

と島田が言った。

ひどいことを言いやがる、と深水は、島田勝広という課員に、はじめて激しい憎しみを抱いた。

無性に腹が立ったが、ドアをあけて、島田の前に姿を見せるだけの度胸を、深水は持ち合わせてはいなかった。

深水がそのままじっとしていると、用を足し終えた二人は、なにやら笑い合ってトイレから出て行った。

腹の虫の納まらなかった深水は、手洗いもそこそこにして、島田のあとを追って人事課にもどった。

「下痢は、どうですか?」

深水を眼にすると、澄ました顔で島田が言った。

「相変らずだ。さっき、きみが小便をしていたとき、たまたまトイレを使っていてねえ」

「ほう。そうでしたか」

「島田君。私は好きじゃないね、人の陰口を言うような人間は」

「ああ、あのことですか。別に、悪気があってではないんです」

「よくもそんなことを。あれだけの陰口を叩《たた》かれたんだ、私だって腹が立つ」

「別に、そんなに怒ることはないでしょう。深水さんのことを言ったわけじゃないんですから」

「私の名前も、ちゃんと耳にした。飲んべえで、おまけに女好き、女に愛想づかし、とくれば、ほかに誰かいるかね？」

「やだなあ。完全に思い違いしている。私と潮課長で喋《しゃべ》っていたのは、先月退社した横谷《よこや》君のことですよ」

　笑いながら、島田が言った。

「しかしね。潮課長は、この私の名前をはっきりと口にしていた、フカミと」

「ああ。それはね、横谷君の女房のことを言ったんです、カミさんと」

「カミさん……」

「横谷君は、最近その女房に逃げられたんです。愛想づかし、と言ったのは、その意味ですよ」

そう言って、島田は再び笑った。

「そうか。私のことではなかったのか。ごめん、早とちりしてしまって」

深水は額の汗を拭いながら、素直に詫びた。

「トイレでは、うっかり話もできませんねえ」

「そのとおりだ。これからは、注意すべきだね。トイレの中で、人の陰口を叩くなんて、きたないよ」

深水は駄洒落《だじゃれ》を言ったつもりだったが、島田には通じなかったようで、にこりともしなかった。

仕事にもどった深水が、ふとその手を休めたのは、先刻のトイレでの一件が、また頭によみがえったからだった。

そして深水は、先刻のトイレでの一件は、あの秋保温泉の小寺康子の場合と、そっくり同じだな、と思った。

小寺はトイレの中で、神保と風間の二人が喋った他人の陰口を耳にし、そして深水と同じように、その二人のあとを追いかけて行ったからだ。

ただひとつ違うのは、耳にしたそんな会話を、小寺が深水のように思い違いをしなかったということだった。

正岡冬江の病気が癌であり、風間京子と特別な関係を結んだ鹿村が、正岡を厄介払いできるという話を耳にし、小寺はそのことをさらに確認するために、二人を追いかけたのだ。

深水は改めて、そんなトイレでの光景を、自分なりに頭に描いた。

――癌。

そのとき、癌に関するもうひとつの話題が、深水の頭をかすめ過ぎたのだ。

――待てよ。もしかしたら。

深水はある考えを追って、思わずはっとした。

――思い違い。

深水はボールペンを手にしたまま、思わず椅子から立ち上がった。

「あれ、またトイレですか?」

そんな島田勝広の言葉を背中に聞きながら、深水はゆっくりと人事課のデスクを離れた。

――思い違い。もしかしたら、小寺は、先刻の深水と同じように、トイレの中での神保と風間の二人の会話を思い違いしていたのではないだろうか。

喫煙所に座った深水は、再びそんな疑いを持った。

そんな深水の疑いは、やがて確信に変わった。

——そうだったのか。

小寺康子が、神保と風間の二人を慌てて追いかけて行った真の理由を、深水はこのとき知ったのだ。

小寺が二人に確認したかったのは、正岡冬江の一件ではなく、自分自身のことだったのだ、と深水は確信した。

# 第十章　恐ろしき錯誤

## 1

九月十八日、金曜日。

深水文明が二階の正岡常務室にはいると、声をかけておいた三人の男女が、すでにテーブルに顔をそろえていた。

それは、津久田健、板倉一行、それに矢坂雅代の三人だった。

「文さん。事件の話というのはわかるけど、なぜこの常務室にわれわれを？」

深水が椅子に座るとすぐに、板倉が訊《たず》ねた。

「入院中の正岡常務にも、話を聞いてもらおうと思ったからです。病室にみんなして押しかけるわけにもいかなかったもので」

と深水が答えた。

「ところで、文さん」

津久田が言った。

「常務の病室を訪ねたそうだが、そのときの話を聞かせてくれないか」

「常務は、犯行を自白しました。秋保温泉の小寺さん、資料室の神保さん、トイレの風間さん、それに鹿村さんの四人を殺したのは自分だったと言って」

そう前置きして、深水は病室での正岡冬江の話を簡略に語った。

「風間さんと鹿村さんの関係は、納得できなくはないが、私には信じられないよ、あの常務が四人もの人間を殺《あや》めた真犯人だったなんて」

板倉が言った。

「つまり、常務がそんな殺意を抱いた発端は、秋保温泉から常務あてにかけた、小寺さんの電話にあったんですね？」

と矢坂が言った。

「いいや」

深水は首を振った。

「違うんですか？」

「ああ。あの夜、常務は小寺さんからの電話なんて受けていなかったんだ」

「でも、文さん。常務はそう自白したんでは？」

と津久田が不審顔になった。

「ええ。ですが、それは嘘でした」

「嘘？」

「つまりです。正岡常務は、真犯人ではなかった、ということです」

深水は言って、三人を順ぐりに眺めた。

「どういうことですか？」

矢坂が訊ねた。

「答えは、たったひとつさ。矢坂さんがしたのと同じように、常務は犯人をかばったんだ。つまり、自分が犯人の身代わりになろうとした、ということだ」

「身代わり……」

「またわからなくなった」

板倉は首を振り、

「常務でなかったとしたら、真犯人はいったい誰なんだね？」

と訊ねた。

「そのことを話したかったので、みんなに集まってもらったんです」

「まさか、文さん。やはりこの私が犯人だなんて話を、ここでまたむし返すわけじゃないだろうね？」

「まあ、私の話を聞いてください。秋保温泉の小寺さんの件はあとまわしにして、資料室の神保さんの事件から、順を追って話します」

深水が言った。

「私はいままで、神保さんを殺した犯人は、倉庫側のドアから逃げ出した人物――つまり、矢坂さんが眼にした正岡常務だとばかり思っていました。つまり、神保さんが頭を背後から殴りつけられたのは、私が正面のドアをノックする直前のことだった、と思いこんでいたんです。それは、まったくの誤まった判断でした」

「では、いつ？」

矢坂が訊ねた。

「それは、私が資料室を訪ねようとして、西側の階段を昇っていたときだ。神保さんが犯人に襲われたのは、そのときだったんだ。つまり、私が資料室の正面のドアをノックしたときには、犯人はすでに資料室から姿を消していた、という意味さ」

深水は言った。

「すると、深水さん。いったい誰が、神保さんを……」

「まず、板倉さんは除外できる」

「すると……」

「資料室から逃げ出した犯人が、五階の西側の階段――つまり、私が昇っていた階段に足を運んでいたとしたら、当然のことながら、私の眼にはいったはずだ。となれば、犯人は東側の階段に向かって逃げて行ったとしか考えられない」

「そうなると……」

「そう。あのとき、矢坂さんと津久田さんの二人は、その東側の階段の方から、私のいる資料室の正面のドアに近づいてきた」

「じゃ、この私が……」

「そうだ。資料室から姿を消した犯人は、矢坂さんか、津久田さんのどちらかだったとしか考えられない。そのどちらかの人物が、私が立っていた正面のドアに向けて、舞いもどってきたというわけだ」

「そんな……」

矢坂は声高に言ったが、津久田は口許を歪《ゆが》めたまま、黙っていた。

「正岡常務はあのとき、なにかの用事で資料室に向かい、ドアからいきなり飛び出してきた人物を眼にとめたんです」

深水は、板倉に向かって言った。

「その人物は常務にはまったく気づかずに、東側の階段に向かって走り去って行きました。常務は不審に思い、ドアから資料室をのぞき、髪を血まみれにして、あお向けに倒れている神保さんの死体を見たんです。私が正面のドアに近づいたのは、そんなときだったんです」

「すると、常務がそのドアにカギを……」

「そうです。廊下に足音と人声を聞きつけた常務は、急いで正面のドアにカギをかけ、慌ててその場を離れようとして、テーブルのわきの電話台を倒してしまったんです。そして常務は、倉庫側のドアから廊下に出ましたが、その姿を矢坂さんが眼にしたというわけです」

深水はゆっくりとした口調で、そう説明した。

## 2

「その理由はあとで述べますが、真犯人の目的は、神保さんと風間さんの二人を、この世から抹殺《まっさつ》することにあったんです」

　続けて、深水が言った。

「風間さんはそれまで、秋保温泉での小寺さんの死は、あくまでも事故によるものと思いこんでいました。ですが、資料室で神保さんが他殺死体で発見されたときに、それが誤まった判断だったことに気づいたんです。そして風間さんは、そのときに事件の真相をも知り、恐れおののいたんです、次には自分が殺されはしまいかと」

「でも、文さん」

　津久田が言葉をはさんだ。

「風間さんが恐れを抱いた相手というのは、やはり正岡常務ではなかったのかね？」

「いいえ。その相手は、常務でも、また鹿村さんでもなかったんです。風間さんが恐れたのは、まったく別の人物――つまり、神保さんを手にかけた犯人だったんです」

　深水は答え、

「恐れを抱いた風間さんは、正岡常務に事件の真相を話そうと決心しました。ですが、それを話す前に、トイレの中で扼殺《やくさつ》されてしまいました。真犯人は、神保さんと風間さんの二人を抹殺したことで、その目的を達したんです」

と言った。

「しかし、文さん。真犯人の標的が、神保さんと風間さんの二人だったとしたら、なぜ鹿村さんまでも?」

と板倉が訊ねた。

深水は答えた。

「鹿村さんが殺されたのは、事件の真相をすべて知っていたからです」

「鹿村さんは、秋保温泉でのトイレの一件、そして露天風呂での一件を、愛人の風間さんから聞き及んでいました。だから、鹿村さんは、秋保温泉での小寺さんの死の理由、そして、資料室で神保さんを殺した犯人を知っていたんです。矢坂さんが眼にした、資料室の倉庫側のドアから逃げ出した人物が、なぜ神保さん殺しの犯人と断定できるのか、と鹿村さんはそんな質問を、わざわざ私に向けていました。つまり、正岡常務が資料室にはいる前に、神保さんがすでに殺されていたことを、鹿村さんは知っていたんです。それに鹿村さんは、こうも言っていました、『事件は、終わったんだ。もう、誰も殺されることはないんだ』、と。それはつまり、真犯人の標的が神保さんと風間さんの二人であることを知っていたからで、その二人がすでに殺されてしまったので、もう事件は終わった、という意味の言葉だったんです」

「つまり、鹿村さんは口を封じられたわけだね?」

「そうです。そんな鹿村さんを、真犯人は野放しにはできなかったんです」

と深水が言った。

3

「ところで、文さん」

板倉一行が、続けて訊ねた。

「秋保温泉の小寺さんの件だが。彼女も殺されたんだね？」

「さっきも触れましたが、風間さんは神保さんが資料室で他殺死体で発見されたとき、秋保温泉での小寺さんの死が事故によるものではないことを知りました」

「つまり、殺されたのだ、とわかったんだね？」

「いいえ。違います」

「違う？　事故死でも、殺されたのでもないとすると……」

「ですから、自殺です。小寺さんはみずからの意志で、あの崖に身を投げたんです」

深水は、津久田に向かって、そう言った。

「自殺……そんな、ばかな。なにゆえに、康子さんが自殺なんかを？」

津久田が太い声で反論したが、その浅黒い顔には狼狽《ろうばい》に似た表情が這《は》っていた。

「小寺さんは、ホテルのトイレの中で、神保さんと風間さんの立ち話を耳に入れました。神保さんは、偶然に知った風間さんと鹿村さんの異性関係を、風間さんに喋《しゃべ》ったんです。神保さんはおそらくそのとき、鹿村さんと関係を持っていた正岡常務のことも話題にしていたと思います、常務に知れたら大変なことになる、とか言って。それに対して風間さんは、愛人の鹿村さんから聞いた話を――つまり、常務の病気がじつは癌で、余命いくばくもないこと、それゆえに厄介払いができるという意味のことを、神保さんに喋ったんです」

「それが、康子さんが自殺したという説明かね？」

「いいえ。話はこれからです」

深水が言った。

「そんな話をトイレで耳にした小寺さんは、その内容を間違ったものに解釈してしまったんです。つまり、思い違いでした」

「思い違い？」

「そうです。二人の会話の内容は、あくまでも、風間さんと鹿村さんの秘密な異性関係、それと正岡常務の病気の話でした。しかしです、小寺さんはそんな内容を、自分

無理はなかったと思いますが」

深水は答え、

「小寺さんが、神保さんと風間さんのあとを、慌てて追いかけて行ったのは、まさにそのためだったんです。小寺さんは、自分の本当の病気のことと、そして風間さんと津久田さんの関係を、はっきりと確認するために、露天風呂の中の二人に会ったんです」

と言った。

「でも、深水さん」

矢坂が、口早に言った。

「神保さんたちは、その露天風呂の中で、当然はっきりと否定したと思いますけど。イレの中の話は、風間さんと鹿村さんに関することで、癌に冒《おか》されていたのは、正寺だと説明して」

に関する神保さんたちの証言を、忘れてしまったようだね。神保さんは、小

「そんなしたことを、本当のことだと返事を返していたんだよ」

「神保さんは、ことを……」

酒せがいいとは言えなかった。あのときは酔っていたようだし、小

「そのとき、そのドアをノックした人物——この私を中に入れないためにです。そして、すばやく倉庫側のドアから逃げ出すためだったと思います。資料室にいる姿を私に見られ、そのために自分の身に疑いが及ぶのを避けたいと思ったからでしょうね。そしてもちろん、犯人をかばいたいという気持ちも働いていたはずです」

「しかし、どうにもわからないな。常務はなぜ、あんな嘘の自供までして、津久田さんをかばおうとしたのかね？」

「その答えは、常務の口から直接に聞きたいところですがね。私に言えることは、常務がいまでも津久田さんのことを愛していた、ということです」

「常務が……」

板倉は驚き顔で、津久田を見つめた。

「私も、そう思います。以前から、なんとなくそんな気がしていたんです」

矢坂が静かに言った。

「秋保温泉のホテルに、津久田さんが駆けつけてきたときにも、ふとそう思ったんです。あの喫茶室で、正岡常務は津久田さんにぴったりと身を寄せ、その両肩を抱きしめて、力づけていました。それを見て、私は……」

深水がそんな喫茶室での光景を思い起こしているときに、常務室のドアが軽くノックされた。

顔を見せたのは、秘書課長の江口で、その背後にはお茶の水署の重警部が立っていた。

「遅く[illegible]って」

[illegible]に言葉をかけ、靴をひきずるような独特な歩き方で、テーブルに近づくと、

[illegible]ら、お話は済んだようですね」

津久田に言った。

眼を閉じたままの津久田は、このとき短い嗚咽《おえつ》を洩らし、両腕で頭を抱きかかえながら、床にうずくまった。

# エピローグ

私が五階の廊下を大またに歩みかけたとき、すぐ前方の資料室のドアが、いきなり外側にあいた。

資料室で仕事をしていた秘書の神保由加が、廊下に出てきたのかと思ったが、相手は私の思ってもいない人物だった。

…………

…………

私は……[illegible]いたのだ。

[illegible]を震わせながら、神保を殺したのは、いまこの資料室から慌てて走り出て行ったあの[illegible]物だ、と確信した。

そのとき、ドアの背後の廊下に、男の靴音がし、かすかな話し声が断片的に聞こえ

徳間文庫

# 秘書室《ひしょしつ》の殺意《さつい》

© Hiroki Nakamachi 2020

2020年4月15日 初刷

著者 中《なか》町《まち》信《しん》

発行者 小宮英行

発行所 東京都品川区上大崎三―一―一 〒141―8202
目黒セントラルスクエア
株式会社徳間書店

電話 編集〇三(五四〇三)四三四九
販売〇四九(二九三)五五二一

振替 〇〇一四〇―〇―四四三九二

印刷 大日本印刷株式会社
製本

ISBN978-4-19-894551-0 （乱丁、落丁本はお取りかえいたします）

自身のことだ、と間違って受け取ってしまったんです」

「自分自身のこと……」

「つまり、風間さんの愛人だという男性が、津久田さんだったと。そして、正岡常務の病気のことを、自分自身の病気だと思いこんでしまったんです」

深水は、語気を強めるようにして言った。

「津久田さん。つまり、こういうことです。恋人である津久田さんが、自分を裏切り、風間さんと愛人関係にあった。自分の病気が本当は癌で、死期が近く、そのために自分に飽きがきた津久田さんが厄介払いができる、と小寺さんは一方的に解釈してしまったんです」

「そんな、ばかな。私は小寺さんを深く愛していたし、癌でないことは彼女自身がよく知っていたんだ」

「ですがね、津久田さん。忘れてもらっては困ります」

「なにを？」

「小寺さんが肺炎をこじらせて、入院生活が長びいたとき、癌ノイローゼになっていたことをです。単なる肺炎でしたが、肺癌ではないかと疑い、そんな疑いを心の片隅に持ち続けていたとしたら、正岡常務の癌の話を、誤まって自分のことと解釈しても、無理はなかったと思いますが」

深水は答え、

「小寺さんが、神保さんと風間さんのあとを、慌てて追いかけて行ったのは、まさにそのためだったんです。小寺さんは、自分の本当の病気のことと、そして風間さんと津久田さんの関係を、はっきりと確認するために、露天風呂の中の二人に会ったんです」

と言った。

「でも、深水さん」

矢坂が、口早に言った。

「神保さんたちは、その露天風呂の中で、当然はっきりと否定したと思いますけど。トイレの中の話は、風間さんと鹿村さんに関することで、癌に冒《おか》されていたのは、正岡常務だと説明して」

「その件に関する神保さんたちの証言を、忘れてしまったようだね。神保さんは、小寺さんが確認したことを、本当のことだと返事を返していたんだよ」

「そんな。ひどいことを……」

「神保さんは、酒ぐせがいいとは言えなかった。あのときは酔っていたようだし、小寺さんのことを日ごろから快く思っていなかったせいもあって、からかい半分の気持ちもあったろうとは思う。それに、風間さんも、小寺さんのそんな確認を積極的には否定しなかったんだ。それは、鹿村さんとの秘密な関係を隠そうとした気持ちからだとは思うが」

「たしかに、ひどい話だ」

と板倉が言った。

「風間さんは、こんなことを私に話していました。露天風呂の中で、神保さんが小寺さんに対して、あんな受け答えをしたのが、いけなかったと。そんなことをしなければ、小寺さんは命を落とすこともなかったと。それはつまり、小寺さんが確認したことに対して、真実を正直に答えていれば、という意味だったんですよ」

「なるほどね。小寺さんは自分が癌に冒されていると思いこみ、そして恋人の津久田さんが、風間さんと愛人関係にあったと思いこみ、そんな大きなショックから、みずから崖に身を投じてしまったんだね。気の毒に」

板倉が、しんみりした口調で言った。

「そうです。まさに悲劇です。この隠れた事実を、彼女の恋人は、いったいどんな気持ちで受け入れていたでしょうか」

深水は津久田に向きなおり、

「この私がその恋人だとしたら、当然のことながら、激しい怒りを憶え、二人を許そうとは思いませんね。つまり、神保さんと風間さんの二人に、それなりの制裁を加えてやる、という意味です」

と言った。

「私は知らなかった。そんな康子さんのことは、なんにも知らなかったんだ」

うつ向いたまま、津久田が低い声で言った。

「そうでしょうか。小寺さんはその一件で、東京にいた津久田さんに電話を入れていた、と私は思いますがね」

「いいや……」

「小寺さんが津久田さんになにも告げずに、死んで行ったとは思えません。彼女は電話で、津久田さんに同じことを確認していたと思うんです。もちろん、津久田さんはそれらを強く否定した。しかし、思いこみの激しい彼女の耳には、そんな津久田さんの言葉は、意味をなさなかったと思うんです」

「私は、私はなにも知らなかった……」

「小寺さんの死を報《しら》されたとき、あなたにはわかっていたはずです、彼女の死が自殺であることを。あなたは、どうしても許せなかったんです、理不尽にも小寺さんを死に追いやった神保さんと風間さんの二人が。そして、事件の真相を知られた鹿村さんをも、あの世に送ってしまったんです。真犯人は、あなたでした」

深水は言って、

「資料室の事件ですが、神保さんを殺し、ドアから廊下に飛び出したあなたは、正岡常務にその姿を見られたのも知らずに、急いで東側の階段に向かったんです。そのとき、エレベーターの止まる音を耳にしたあなたは、その場から慌てて踵《きびす》を返すと、私が立っていた正面のドアの方に、なに食わぬ顔で舞いもどってきたというわけです」

と付け加えた。

4

「文さん。ひとつ訊ねるがね」

板倉一行が言った。

「正岡常務のことだ。常務はなぜ、資料室の正面のドアに自分でカギをかけたりしたのかね？」

「そのとき、そのドアをノックした人物——この私を中に入れないためにです。そして、すばやく倉庫側のドアから逃げ出すためだったと思います。資料室にいる姿を私に見られ、そのために自分の身に疑いが及ぶのを避けたいと思ったからでしょうね。そしてもちろん、犯人をかばいたいという気持ちも働いていたはずです」

「しかし、どうにもわからないな。常務はなぜ、あんな嘘の自供までして、津久田さんをかばおうとしたのかね？」

「その答えは、常務の口から直接に聞きたいところですがね。私に言えることは、常務がいまでも津久田さんのことを愛していた、ということです」

板倉は驚き顔で、津久田を見つめた。

「常務が……」

「私も、そう思います。以前から、なんとなくそんな気がしていたんです」

矢坂が静かに言った。

「秋保温泉のホテルに、津久田さんが駆けつけてきたときにも、ふとそう思ったんです。あの喫茶室で、正岡常務は津久田さんにぴったりと身を寄せ、その両肩を抱きしめて、力づけていました。それを見て、私は……」

深水がそんな喫茶室での光景を思い起こしているときに、常務室のドアが軽くノックされた。

顔を見せたのは、秘書課長の江口で、その背後にはお茶の水署の重警部が立っていた。

「遅くなってしまって」

重は深水に言葉をかけ、靴をひきずるような独特な歩き方で、テーブルに近づくと、

「どうやら、お話は済んだようですね」

と津久田に言った。

眼を閉じたままの津久田は、このとき短い嗚咽《おえつ》を洩らし、両腕で頭を抱きかかえながら、床にうずくまった。

# エピローグ

私が五階の廊下を大またに歩みかけたとき、すぐ前方の資料室のドアが、いきなり外側にあいた。

資料室で仕事をしていた秘書の神保由加が、廊下に出てきたのかと思ったが、相手は私の思ってもいない人物だった。

……………
……………
……………

殺されていたのだ。

私は小さく身を震わせながら、神保を殺したのは、いまこの資料室から慌てて走り出て行ったあの人物だ、と確信した。

そのとき、ドアの背後の廊下に、男の靴音がし、かすかな話し声が断片的に聞こえた。

私は急いでそのドアにカギをかけ、その場を足早に離れた。

…………

…………

…………

五階の東側の階段を使って、二階の常務室に駆けもどった私は、ソファに寄りかかり、大きく息をついた。

あの資料室のドアから走り出て行った、津久田健の横顔が、また私の頭をよぎった。

神保由加を殺したのは、津久田だったのだ。

私が思わずどきっとしたのは、そのとき机の電話が音高く鳴ったからだ。

電話の相手は、秘書の矢坂雅代だった。

「常務。資料室で、大変なことが……」

矢坂は、上ずった声で言った。

「なにがあったの？」

私はつとめて冷静に訊《たず》ね、髪を血まみれにした神保の死体を、再び眼の前に浮かべた。

本書は1993年4月徳間文庫として刊行された『課長代理　深水文明の推理　秘書室の殺人』を改題しました。なお、本作品はフィクションであり実在の個人・団体などとは一切関係がありません。

本書のコピー、スキャン、デジタル化等の無断複製は著作権法上での例外を除き禁じられています。本書を代行業者等の第三者に依頼してスキャンやデジタル化することは、たとえ個人や家庭内での利用であっても著作権法上一切認められておりません。

徳間文庫

# 秘書室《ひしょしつ》の殺意《さつい》

© Hiroki Nakamachi 2020

2020年4月15日 初刷

著者 中《なか》町《まち》信《しん》

発行者 小宮英行

発行所 株式会社徳間書店
東京都品川区上大崎三-一-一
目黒セントラルスクエア
〒141-8202

電話 編集〇三(五四〇三)四三四九
販売〇四九(二九三)五五二一

振替 〇〇一四〇-〇-四四三九二

印刷
製本 大日本印刷株式会社

ISBN978-4-19-894551-0

(乱丁、落丁本はお取りかえいたします)

## 徳間文庫の好評既刊

乾　くるみ

### クラリネット症候群

ドレミ…の音が聞こえない？　巨乳で童顔、憧れの先輩であるエリちゃんの前でクラリネットが壊れた直後から、僕の耳はおかしくなった。しかも怪事件に巻き込まれ…。僕とエリちゃんの恋、そして事件の行方は？　『イニシエーション・ラブ』『リピート』で大ブレイクの著者が贈る、待望の書下し作が登場！

著者ならではの思いがけない展開に驚愕せよ。

## 徳間文庫の好評既刊

乾 くるみ

### 蒼林堂古書店へようこそ

書評家の林雅賀《はやしまさよし》が店長の蒼林堂古書店は、ミステリファンのパラダイス。バツイチの大《おお》村龍雄《むらたつお》、高校生の柴田五葉《しばたごよう》、小学校教師の茅原《ちはら》しのぶ——いつもの面々が日曜になるとこの店にやってきて、ささやかな謎解きを楽しんでいく。かたわらには珈琲《コーヒー》と猫、至福の十四か月が過ぎたとき……。乾くるみがかつてなく優しい筆致で描くピュアハート・ミステリ。

## 徳間文庫の好評既刊

井上剛

### きっと、誰よりもあなたを愛していたから

原案／栗俣力也

書下し

　お姉ちゃんが死んだ。首をつって。あたしと二人で暮らしていたマンションの自分の部屋で。姉の明香里《あかり》は三つ違いで、きれいで、成績も良く、両親にとって自慢の娘だった。社会人二年目で、仕事も順調そうだったのに何故？　姉の携帯に残されていた四人の男のアドレスとメッセージ。妹の穂乃花《ほのか》は、姉のことを知るために彼らに会いに行く。待ち受ける衝撃のラストに、あなたは愕然とする！

## 徳間文庫の好評既刊

太田忠司

**僕の殺人**

五歳のとき別荘で事件があった。胡蝶《こちょう》グループ役員の父親が階段から転落し意識不明。作家の母親は自室で縊死《いし》していた。夫婦喧嘩《げんか》の末、母が父を階下に突き落とし自死した、それが警察の見解だった。現場に居合わせた僕は事件の記憶を失い、事業を継いだ叔父に引き取られた。十年後、怪しいライターが僕につきまとい、事件には別の真相があると仄《ほの》めかす。著者長篇デビュー作、待望の復刊！

# 徳間文庫の好評既刊

深谷忠記

## 審判

　女児誘拐殺人の罪に問われ、懲役十五年の刑を受けた柏《かしわ》木《ぎ》喬《たかし》は刑を終え出所後、《私は殺していない！》というホームページを立ち上げ、冤《えん》罪《ざい》を主張。殺された古《ふる》畑《はた》麗《れい》の母親、古畑聖《せい》子《こ》に向けて意味深長な呼びかけを掲載する。さらに自白に追い込んだ元刑事・村上の周辺に頻《ひん》繁《ぱん》に姿を現す柏木。その意図はいったい……。予想外の展開、衝撃の真相！

柏木は本当に無実なのか？

## 徳間文庫の好評既刊

### 化石少女

麻耶雄嵩

　学園の一角にそびえる白壁には、日が傾くと部活に励む生徒らの影が映った。そしてある宵《よい》、壁は映し出す、禍々《まがまが》しい場面を……。京都の名門高校に続発する怪事件。挑むは化石オタクにして、極めつきの劣等生・神舞《かんぶ》まりあ。哀れ、お供にされた一年生男子と繰り広げる奇天烈《きてれつ》推理の数々。いったい事件の解決はどうなってしまうのか？　ミステリ界の鬼才がまたまた生み出した、とんでも探偵！

## 徳間文庫の好評既刊

# 偶然の殺意

中町 信

父の跡を継ぎ、浅草で「鮨芳《すしよし》」を営んでいる鮨職人・山内鬼一《やまうちきいち》は、ある日、常連客の花房潤一《はなぶさじゅんいち》の訃報を聞く。彼は、地震の被害に遭い避難所にいる別居中の妻の様子を見に鴨川《かもがわ》へ行ったとき、余震に巻き込まれたと思われたが、服毒死と判明。おまけに彼には、祖父の莫大な遺産が従妹たちとともに入ることになっていた。山内は、母親のタツと事件の謎に迫るが、まもなく第二の殺人が起きる。